公元787年,唐封疆大吏马总集诸子精华,编著成《意林》一书6卷,流传至今
意林:始于公元787年,距今1200余年

青春最美,梦想出发
中国式好看轻小说优鲜品牌

鲸落在深海

风浅 著

JING LUO ZAI SHENHAI

北方妇女儿童出版社
·长春·

图书在版编目（CIP）数据

鲸落在深海 / 风浅著. -- 长春：北方妇女儿童出版社，2019.4

（意林·轻文库. 微甜小时代）

ISBN 978-7-5585-3328-0

Ⅰ. ①鲸… Ⅱ. ①风… Ⅲ. ①长篇小说－中国－当代 Ⅳ. ①I247.5

中国版本图书馆CIP数据核字(2019)第048844号

鲸落在深海
Jing Luo Zai Shenhai

出 版 人	刘 刚
出版统筹	师晓晖
策 划	安 雅 张 星
责任编辑	吴 强 王 婷 吴宛泽
图书统筹	鹿鸣昔
特约编辑	崔馨予
绘 图	E.Pcat
书籍装帧	胡静梅
美术编辑	张云丽
作家经纪	卢晓凤
开 本	880mm×1230mm 1/32
字 数	330千字
印 张	7
版 次	2019年4月第1版
印 次	2019年4月第1次印刷
印 刷	嘉业印刷（天津）有限公司

出 版	北方妇女儿童出版社
发 行	北方妇女儿童出版社
地 址	长春市龙腾国际出版大厦
电 话	总编办：0431-81629600
	发行科：0431-81629633

定 价	32.00元

版权所有 侵权必究

如发现印装质量问题，请与印务部联系退换，电话：010-51908584

目录

▲ 001　第一章 走过不同的路口
　　Chapter1 毕业季
　　Chapter2 秦家
　　Chapter3 实验

▲ 021　第二章 也许会遇见你
　　Chapter4 入职
　　Chapter5 教授这等动物
　　Chapter6 真面目
　　Chapter7 情感操控者

▲ 049　第三章 孤岛和鲸
　　Chapter8 亚斯伯格
　　Chapter9 星星的孩子
　　Chapter10 孤岛

▲ 073　第四章 遇见与存在
　　Chapter11 小可怜
　　Chapter12 《星际迷航》
　　Chapter13 保护者

目录
Contents

▲ 097　第五章 深海孤独
　　Chapter14　曙光计划
　　Chapter15　害羞
　　Chapter16　太难
　　Chapter17　海洋馆

▲ 127　第六章 寻找珊瑚鱼
　　Chapter18　珊瑚鱼
　　Chapter19　开挂玩家
　　Chapter20　人民币玩家

▲ 151　第七章 新年焰火
　　Chapter21　砸锅现场
　　Chapter22　失踪人口
　　Chapter23　跨年夜
　　Chapter24　焰火
　　Chapter25　祈福
　　Chapter26　心似海洋

▲ 189　第八章 亲吻的手势
　　Chapter27　悠悠我心
　　Chapter28　毕业论文
　　Chapter29　采访
　　Chapter30　步履不停

鹿晓用余光扫视整个房间，房间的墙上挂着基因链与一些分子式，墙角放着硕大的三合一白板，侧面的柜子里陈列的是瓶瓶罐罐的溶剂与标本……这些，对她来说都是异次元的事物。

作为文科赤子，她此时此刻只想应景地吟诵一首《蜀道难》。

考官们大概实在想不出考题，最后最年迈的秃顶老人干咳一声，道："我们很高兴鹿小姐能对基因工程有这样的兴趣，鹿小姐的情况我们大致知道了，请回去等二试通知。"

鹿晓在心里默默念了一句，尽量挤出微笑："好，谢谢各位考官。"

研究院外面大雨瓢泼，冷风呼啸。

鹿晓出门只带了一把遮阳的伞，冒雨走在风里，感觉自己快要被冰雨灌注成冰柱子了。偏偏这时候包里的手机响了起来，她搁置不接，手机又响第二遍、第三遍……执着的手机铃声，声声不歇，催人断魂。

好在路上及时出现了一个公交站牌，鹿晓三两步钻了进去，翻包去找手机。

手机上已经有 6 个未接来电，来电人都是同一个人——秦寂。

鹿晓伸出冻僵了的手，指尖在自己的衣服上擦了擦，接通电话："喂……我是鹿晓……"

"你在哪里？"电话那头是她熟悉的低沉的声音。

鹿晓左看右看，确定自己的方位，小声报告："我在文苑路上，Z 大研究院附近。"

"Z 大教学园区？你去那里做什么？"

鹿晓道："有个面试……"

"你站在那里别动，我马上过来接你。"秦寂并不在意她说了什么，"今天老爷子出院，你跟我一起回去。"电话直接被挂断，一如既往的秦寂风格，甚至连拒绝的机会都没有给鹿晓。

"可是我……"已经湿透了啊……

十几分钟后，秦寂的跑车带着巨大的水花停在公交站牌前。往来文苑路的都是年轻的学生，不少向他投去好奇的目光，毕竟在高教园区这样闪瞎眼的配置并不多见，捎带着，也多看了两眼鹿晓。

瘦削苍白的小个子，竟然是座驾的女主人吗？

车窗缓缓摇下，一个美艳靓丽的女人坐在副驾驶上，朝着鹿晓露出明艳的笑："嗨，晓晓。"

果然不是啊。路人们松了一口气。

车内的秦寂微微扭头，瞥了一眼鹿晓，看到她一身湿漉漉的，顿时皱起了眉头。

"上车。"秦寂说。

鹿晓的手脚已经冻得快没有知觉了，她也不再扭捏，拉开了车门钻了进去。车里暖气开得很足，冷雨浸泡过的衣服粘在身上，又遭遇了暖气，鹿晓感觉自己就像一块泡发的馒头，快要融化了。

前排副驾驶上的女人担忧地回头："你全身都湿了，要不要紧啊……"

她的话音未落，秦寂的声音响起来："后座有我的衣服，披上。"

"好。"鹿晓小声应了一声。

她在凌乱的后座上翻翻找找，拎开一堆购物袋，终于在最底下找到了一件黑色的羊绒大衣。她把羊绒大衣披在自己的身上，鼻尖闻到了一点点烟草味。

那是秦寂习惯的牌子，很呛人，韵味持久，只要一沾上，就不太容易去得掉。

她有时候会怀疑自己身上是不是也沾染了他的味道，即使大家已经各自独立生活多年，有时候在夜里闭上眼睛的时候，仍然能够闻到一点点熟悉的气息，就好像他的气息浸润了记忆和灵魂一样，想忘记却忘不掉。

"后座的茶叶下车拿上，算你的礼物。"秦寂头也不回道。

"好。"鹿晓轻声答应，顺手把凌乱的后座整理干净。

很明显他们刚才是去购物了，后座上的各式购物袋里还是各种女士的衣服和化妆品，最底下果然压着一盒茶叶。茶叶是简单的牛皮纸包装，上面只印着个标志，大约又是哪个私家茶社的自藏货，用来讨嘴刁的秦老爷子欢心。

鹿晓怕身上的水珠弄湿茶叶的牛皮袋子，特地把茶叶盒挪远了一点点。

"我叫戴墨，"副驾驶的美女笑吟吟地回头，盯着鹿晓的脸上下打量，"早就听说阿寂有个青梅竹马，没想到年纪这么小，亏我还把你当假想情敌了好久呢。"她的眼睛里带着点点笑意，衬得整个人都笼罩着一层光环。

鹿晓觉得身上更加黏湿了，她抬起头偷看了一眼后视镜，后视镜里秦寂的脸上还挂着吊儿郎当的表情。

"我不小了。"鹿晓尴尬道。她硕博连读，虽然还是个学生，却已经26岁了。

"是吗？"戴墨干脆整个人都转了过来，趴在副驾驶座上，饶有兴致地盯着鹿晓，"那怎么办？阿寂约会的时候一口一个晓晓，如果不把你当情敌，我怕有一天我也会爱上你。"

戴墨的目光灼灼，看得人有些晕眩。

一头自然的大长波浪卷发，张扬而又美丽。

秦寂笑骂了一声，一脚踩下油门，吓得戴墨乖乖系上了安全带。

"喂！你适可而止！"戴墨瞪眼。

秦寂道："该适可而止的是你。你是你，晓晓是晓晓，乱吃什么飞醋。"

"醋都不让吃啊？"

鹿晓把视线转向窗外，望着车窗外昏暗的天。

秦寂的车停在秋山的山脚下一处休闲会所。

戴墨在那里下车，拎着大包小包，隔着车窗向秦寂索吻："早点儿来接我。"

　　好不容易等他们俩分开，车子重新沿着秋山漫长的盘山公路缓缓朝山腰驶去。她一路都不敢抬头，只要一分神，脑海里就是秦寂瘦削却有力的手。

　　"怎么样？"驾驶座上的秦寂嘴角勾起一抹笑。

　　"什么……怎么样？"

　　"戴墨。"

　　想歪了的鹿晓头垂得更低："比上一个漂亮。"

　　秦寂从大学到现在已经换了不知道多少个女朋友，口味其实一如既往，他喜欢身材高挑，曲线玲珑的那种，淡妆或是浓妆，高冷或是黏腻，来来去去都是美人。

　　秦寂透过后视镜，看见鹿晓整个人快要蜷缩成一团，头也不敢抬的样子，顿时脸上的神情更愉悦了。他盯着鹿晓道："老爷子知道肯定要发火，暂时别告诉他。"

　　鹿晓轻道："好。"

　　秦寂道："这一个是认真的，我们很合拍。"

　　"好。"

　　秦寂道："等下晚上我借口送你回去提前撤，省得戴墨等着急。"

　　"好的。"鹿晓小声答应。

▲ Chapter2 秦家 ▲

秦家主宅坐落在秋山的半山腰的别墅区，抵达时鹿晓的衣服已经几乎被车内空调烤干了。

今天是秦家老爷子出院的日子，屋内家人齐聚一堂。老爷子身子还有些羸弱，眼看着自己面前放着的一杯玉米汁，正跟秦寂的父亲秦闻人拍桌子。

"不像话！不就是一场小感冒，至于今天特地来给我添堵吗？我什么时候喝过这玩意儿！"

秦闻人和老爷子脾气一脉相承，僵着脸冷笑："小感冒？您那是肺炎住院半个月，在ICU待了两个晚上。"

秦老爷子拍桌："我不管！反正我不喝这恶心的东西！我要喝酒！"

鹿晓跟在秦寂身后进门，正赶上老爷子满脸通红，红光满面地要掀桌。屋子里的气氛尴尬得紧，左右为难的秦寂母亲看见秦寂仿佛看见了救星，赶忙迎了上来："老爷子快看，小寂回来了……"

"不着家的小浑球，跟他爹一样也不是个东西！"秦老爷子秒伤。

秦寂母亲笑得勉强，瞥眼看见秦寂身后的小身板，顿时眼睛一亮："哎呀，晓晓来了！"

鹿晓从秦寂身后探出头，笑着打招呼："小魏阿姨好，秦叔叔好，秦爷爷您身体还好吗？"

秦老爷子看见鹿晓的身影，怒火终于稍减。

"晓晓过来。"秦老爷子朝鹿晓招手。

鹿晓望见了秦寂母亲求助的眼神，会意地点头，然后乖顺地坐到了秦老爷子身旁："爷爷，生病不能喝酒，快些养好病，才能早点儿敞开怀喝酒。"

秦老爷子望了一眼玉米汁，从鼻孔里挤出一声"哼"。

鹿晓心领神会："玉米汁确实不好喝，又甜又咸，居然还是热的，我也觉得挺怪的。"

"就是！"秦老爷子咬牙切齿。

鹿晓趁机把茶叶捧了出来，顺手撕开了包装。顿时，浓郁的茶香飘散了出来。

鹿晓笑道："送您的礼物，我给您去泡一杯尝尝好不好？"

"好吧。"局面变成现在这样子，秦老爷子心头那口气也差不多疏散了，遇到适当的台阶也就顺道下了。

鹿晓暗暗松了一口气，抬头遇见秦寂正在朝她挤眉弄眼。

鹿晓熟门熟路去秦家的厨房泡茶。

十岁那年，她跟着父亲第一次进秦家做客，见秦老爷子用饮水机的水冲泡上好的茶叶，于是自告奋勇沏了一壶茶，从那以后，她就成了秦老爷子跟前第一红人。

"真奇怪，我的工序和你也差不多，为什么味道却不一样呢？"秦寂妈妈温和的声音在鹿晓的背后响起。

鹿晓吓了一跳，回过神不好意思地笑了："当年我是个初学者，技术并不规范，小魏阿姨您后来学的是正统的沏茶工艺吧？"

十岁时她初学茶道，不论是技术，还是水温、手势，都不是标准化的，谁知道阴差阳错误打误撞，正好合了老爷子的口味。先入为主之后，秦老爷子再喝别的正宗的工夫茶，反而没有了初遇时的美味。

"果然是因为阴差阳错刚好合老爷子口味啊。"秦寂妈妈笑起来，"还好你后来没有继续学，否则老爷子可就再难找到可口的茶了。"

鹿晓的指尖微微僵直，过了片刻，才轻轻地把沏好的茶导入茶具里。

当年谁也想不到，就在不久之后，她的母亲重新遇见了她的初恋后，竟然对整个家庭不管不顾，坚持离了婚。她的父亲曾经是一个意气风发的男人，情场失意之后仿佛变了一个人，在之后的三四年里醉生梦死，染了一身病，最后死于一场来势汹汹的内出血。

于是，她的茶艺才永远停留在了十岁的技巧与手感。

"差之分毫，失之千里，其实很像人跟人的相遇，是不是？"秦寂妈妈摸了摸鹿晓的脸，轻声道，"小寂跟你表白过没有？"

"小魏阿姨！"鹿晓窘迫得满脸通红。

秦寂妈妈满脸慈爱："你是个好孩子，阿姨很喜欢你，想和你成为一家人。"

"可是秦寂他并不……"

秦寂他并不喜欢她，至少并没有把她放在恋爱对象的位置上那样喜欢过。就在半个小时之前，他还在秋山山脚下和戴墨热吻，那种让人血脉贲张、荷尔蒙紊乱的氛围和气息交融，是她和秦寂之间从来没有过的。就算她想要欺骗自己也做不到。

秦寂妈妈轻道："有时候相遇久了，会让人产生平淡的错觉。给他一点时间，他会想明白的。"

餐桌上的酒和玉米汁都被撤下，换上了今年的新茶。

一家人围坐在一起闲话家常。

秦家男人的脾气一脉相承，从秦老爷子到秦寂父亲秦闻人，再到秦寂本人，都是硬邦邦得像石头。用餐后的家常话题一闪而过，秦闻人大概刚才在老爷子那儿憋的气没消解干净，抬着眼冷冰冰地看秦寂。

秦闻人问："听说你最近在搞新项目？你之前不是在做私人酒庄吗？MG基因项目是做什么的？"

典型的挑事儿口吻。

秦寂夹菜的手一顿，脸上的神情抽了抽，显然是在压抑自己的脾气。他干笑："私人酒庄归私人酒庄，最近基因行业风向不错，我的MG主要是通过基因手段改良人体肌肉量，还在动物试验阶段，新东西，你们就别管了。"

言下之意是你们这帮"前浪"就安心留在沙滩上吧。

秦老爷子冷笑："学酒保卖卖酒就算了，还想要'搞人体'，门外汉去搞基因，尽是些不入流的歪门邪道！"

第一章　走过不同的路口

餐桌上电闪雷鸣，一触即发。

秦寂妈妈匆忙挑起话题："那个，晓晓明年要毕业了吧？是大姑娘了哦，有没有考虑过工作呀？"

万用灭火剂鹿晓，在众人的目光下艰难地挤出了一抹笑："已经在面试了……"

"哪家单位？"秦老爷子问。

"你不是去我（秦寂）公司？"秦寂和秦父一起脱口而出。

鹿晓答道："是Z大的研究院实验室，就在西边的高教园区那里，我申请去那里做学校教授的助手……"鉴于刚才他们争论的话题，她默默省略了那是一家生化基因实验室这个小前提。

秦寂道："当助手有什么好的，去我公司。"

"看看你儿子满身的铜臭味！"秦老爷子嫌弃地瞪了秦闻人一眼，转头看鹿晓，满脸和蔼，"晓晓是文化人，留在象牙塔也挺好，不过如果没有应聘上，去小浑球的公司也好歹有个照应。"

"好。"鹿晓点头答应。

她是不可能去秦寂公司的，就是因为不想去他的公司实习，才慌不乱地在自己找工作。

"小寂啊，晓晓快毕业了，你们……"秦老爷子眯起眼睛，视线在鹿晓和秦寂之间打转儿。

"说了多少遍了，我们没什么。"秦寂吊儿郎当地靠上椅背，伸手揽过鹿晓的肩膀，"我在你们心目中有那么禽兽不如吗？晓晓都下得去手？"

一瞬间，秦寂身上残留的烟味钻进了鹿晓的鼻尖。

鹿晓的身体僵直，心跳漏了一拍，匆忙间偷眼看秦寂，才发现他的眉宇间已经隐隐约约有了不耐烦的神色。顿时，她慌乱的心跳渐渐沉寂，心情如同沉船，缓慢降落向深海。

"你这小浑球怎么说话呢？"秦老爷子忍不住骂。

周遭吵吵嚷嚷一片，鹿晓忽然意识到自己的衣服其实并没有完全焐干。屋内的温度不低，她却已经手脚冰凉，太阳穴也跟着一起抽痛了起来。

果然要感冒了吗？

她昏昏沉沉，悄悄伸手揉自己的太阳穴。

"秦爷爷，我刚才淋了雨，好像有些感冒……今天就先回去了。"鹿晓对着纷纷扰扰的人群轻声道。

"我送你！"秦寂顺杆而上，利落地穿上了大衣。

秦家人面面相觑，最终秦老爷子叹了口气："去吧去吧，反正一提到这话题，你们就跑得比兔子还快。"

"秦爷爷再见。"鹿晓小声说。

秦寂驱车从环山公路蜿蜒而下，直接把车停在了山下的会所门口。

"真不用送你回住处？"秦寂歪头，睁着一双笑眼问，"你真是跟我越来越生分啊，我说，当年告黑状的勇气呢？"

"不用了不用了。"鹿晓连连摇头，"前面就是公交车站，你开车送我回去的话，我一定会被室友连夜逼供的。"

秦寂嗤笑出声："屁话！身正不怕影子斜，照实说呗。"

鹿晓心慌意乱地推开了车门。

"晓晓！"秦寂的声音在她的身后响起来。

鹿晓回过头，看见秦寂在路灯下神情莫名的脸。某个刹那她有一些恍惚，仿佛时间又回到了多年以前第一次在秦宅见到的那个跪在院子里的少年。那个少年满脸伤口，鼻青脸肿，看见她进门还朝她挤眉弄眼——仿佛只是眨眼睛，秦寂稍有点显肉的脸渐渐冷硬了线条，昔日的少年已经变成了如今的男人。

"什么事？"她问秦寂。

秦寂沉默片刻，一改嬉皮笑脸，眼眸微沉道："我就是个浑蛋。"

他在月色下缓缓抬眼，盯着鹿晓单薄的身影，轻声道："一个不太适合你的浑蛋，你了解的吧？"

雨势渐渐减小，空气中弥漫着潮湿。

鹿晓坐在山脚下的公交站的长凳上，冰冷的感觉从她的脚底心一直往身上钻，从每一个毛孔浸入身体里。她左顾右盼，翘首盼望着公交车，忽然间看见远处道路的尽头缓缓走来一个人影。

那人穿着白色的长风衣，撑着一把淡灰色的伞，缓缓地路过公交站牌。

鹿晓无端端地注意到他，只觉得他浑身上下说不出的诡异。他似乎天生带着幽静而超世的气息，仿佛是雨夜里滋长的苔藓，安静得毫无声息。

真是个奇怪的人啊。

鹿晓心想。

忽然间，鹿晓的手机响了起来，对方是个声音好听的男生："鹿小姐您好，我代表SGC生化技术研究中心通知您，您的初试顺利通过，请问您明天下午三点整有时间到我院进行复试吗？"

鹿晓一时没听清："啊？"

那个男生被她的"啊"逗乐了，电话里传来轻微的笑声，他的声音带了笑音："听起来您很惊讶，不过我还是需要确定下，您明天有没有时间？"

"有！我有时间！"

男生温和道："那好，期待您的复试。"

那句话怎么说来着？否极泰来啊！

鹿晓感觉阴郁的天气都不是那么冷了。

Chapter1 毕业季

"各位老师好，我叫鹿晓，2010级中文系汉语言文学专业，硕博连读。"

空气中弥漫着淡淡的消毒液的气息，鹿晓感觉自己的神经被浸泡在这浓重的气息里也产生了化学反应，紧张的血液在身体里奔腾流淌，从脊背渐渐流淌到指尖。

"文科生？"坐在考官席上的考官们面面相觑。

"是。"鹿晓把自己的简历分发给考官们。

"介绍信是商女士写的？能冒昧问一下，你们的关系是……"

"室友。"鹿晓硬着头皮回答。

考官席总共六个位置，依次坐着四个中年男人和一个白发年迈的女人，最后的位置放着一张桌牌，桌牌上写着"郁清岭"，椅子上却是空的。

鹿晓犹豫了一秒钟，轻轻地在空位上也放了一份。

"你怎么想到来应聘我们研究所工作的？"坐在中间的男人脸上依旧挂着震惊的神色，他很快反应过来自己的言语有些不当，匆忙补充，"对不起，我只是好奇，虽然我们对应聘人员并没有规定专业，但是我们毕竟是生化研究所……"

"我对基因工程学有着很大的兴趣。"鹿晓目光炯炯，违心称赞，"贵研究所的'多基因互作与遗传网络调控'与'细胞及细胞间通讯的分子机制'在基因研究领域有着卓绝的成就，作为文科生我并不充分了解它们的研究原理，但我希望能在贵研究所见证科学与生命的进步。"

SGC生化技术研究中心这一次总共要招聘6名助手，官网上已经公布的报名人数已经超过两百人，他们分别来自全国各地的高校与同级别研究室。她跟其余两百名竞争对手相比，唯一能够打动考官的只可能是满满的诚意了。

然而机会真的很渺茫。

Chapter3 实验

第二天下午，鹿晓抵达 SGC 实验大楼的时候，面试已经接近尾声。

一个短发格子衫女生刚刚面试出来，垂头丧气地撞上了鹿晓，然后瞪圆了眼睛。

"哇，你准备得好充分。"短发女生上下打量鹿晓，瞪圆了眼睛。

"还……好……"鹿晓欲哭无泪，她也很尴尬啊！

她为了这场面试特地去买了一套相对职业的西装，没想到实验室从业人员如此简单粗暴，一路撞上面试完毕的人全部是格子衬衫和黑框眼镜，她这正儿八经的装扮反而成了最不伦不类的存在。

"你也是 Z 大的吗？"短发格子衫瞥见鹿晓的档案袋，惊喜道，"我是温雯，是生命工程学院的，人体免疫力研究方向，你呢？"

"我叫鹿晓。"鹿晓艰难道，"中文学院，批评文学研究方向。"

"什么？"短发女生愣了两秒，赞叹道。

鹿晓在她灼灼的目光下进入面试场，对着里头的面试官微微鞠了个躬："您好，我是鹿晓。"

这次的考官配置与之前略有不同，除了坐在中间的年迈女士面熟，她身旁的两个中年男性她上次并没有见过。看见她进门，两个中年男人露出诧异的表情，相互交换了个疑惑的神情。

出什么事了吗？

鹿晓忐忑地想，该不会是她的名字根本就没在复试名单上吧？

"鹿小姐，您好。"白发苍苍的女士开了口，"我们这次招聘的名额总共为 6 个，考量方向为——学历、操作能力、专业匹配度等，我们倾向于招收生物技术、生命工程等方向的博士在读或者毕业生，其次是生物学、物理专业的毕业生。到刚才为止，我们已经确定了 6 名合适的人员。所以……您不在我们的复试人员内。"

最尴尬的情况出现了。

鹿晓尴尬得手足无措："可是有人通知我过了初试我才……"

女士笑起来："所以鹿小姐，您走错办公室了，您的考场在 B 座 1101。"

鹿晓在走廊上查看手机短信，很尴尬地发现，她确实闹乌龙了。

因为实验室的门口竖着"2018 年度招聘复试考场"的指示牌，所以她一路顺着箭头自然而然就走到了 A 座 1102，而事实上她收到的手机短信显示的她的面试地点是——实验大楼 B 座 1101。而此时此刻，距离三点只剩下不到 5 分钟。

鹿晓抓紧了档案袋越走越快，无奈地在走廊上奔跑起来。

B 座要比 A 座安静许多，整个走廊上弥漫着幽幽的消毒液气息。大楼呈回字形，1101 在楼道的最深处。鹿晓也不知道自己转过了多少个弯儿，只觉得周围的灯光越来越昏暗，到最后整个楼道只剩下消防灯发出的荧绿色微光。

文科生的想象力在这一刻发挥到了极致，她的脑海里迅速闪过各种可能性，从《凶宅冤魂》到《重案面对面》，以及《生化危机 8》和《丧尸屠城》，应有尽有，循环放映。

"你好……"鹿晓叩响 1101 的办公室门，努力让自己的声音听起来不至于颤抖，"我是鹿晓，来面试的……"

办公室门是虚掩的，里面的光线比走廊上更暗。她壮着胆子走进房间，模模糊糊可以看到一堆试剂瓶与实验器械，看起来那里面不像是办公室，倒像是实验器材储藏室，而且还是没有人看管的储藏室。

"别动。"鹿晓彷徨间，办公室里传出了一个男人的声音。

"啊——"鹿晓吓得惊呼，脑补的《重案面对面》已经迅速上升到《变态杀人回忆录》。

"前面，文字，念出来。"那个声音直接无视了她的惊慌，不急不忙。

鹿晓的眼睛已经适应了屋子里的黑暗，隐隐约约地看见前方五米左右的地方竖着一个显示器。显示器应该是开着的，可是因为屏幕实在是太暗了，暗到几乎像是关机状态。

下一秒，显示器上浮现了淡淡的影子，似乎是两个汉字。

鹿晓的心脏快要跃出喉咙，脑海里还是一片混乱，等她定睛，那两个字已经消失了。

"对……对不起……我还来不及……"

"继续。"那个声音冰凉如水。

"好。"鹿晓强迫自己稳定情绪去看屏幕。

不一会儿，几乎是黑色的屏幕上又浮现出模糊的文字。

"特洛伊。"鹿晓低声念出声。

"蝴蝶。"

"弗洛伊德。"

屏幕上的文字非常暗，不过她的眼睛已经在昏暗的楼道里适应了很久，所以勉强还是辨别得出来的。她现在怀疑，外面那没有开灯的楼道就是为了让她的眼睛能够提前适应现在的环境。

这是一个实验吗？或者是一场考试？

鹿晓没有空暇去胡思乱想，因为黑屏上出现了第二组词。这一次出现的词汇颜色更暗沉，边界似乎更加模糊，就像是又调低了一个亮度。

"红房子。"鹿晓这一次辨别多花了一点时间。

光线更暗了。

"玫瑰？"鹿晓眯起了眼睛，她其实有着100度的近视，一直装自己是一个视力健全者没有配镜。

光线继续下调。

"黄昏的……杀戮？"鹿晓连蒙带猜，最后一个字其实已经看不清了，她发挥了文科生特长——脑补。

光线几乎暗成了纯黑色。

这下鹿晓再努力都没有办法辨别那些五秒一个轮回的词组了。她瞪了屏幕半天，实在看不清，只好老实承认："对不起，我看不清了。"

黑暗的空间里，寂静得只剩下鹿晓的呼吸声。

不知道过了多久，那个凉飕飕的声音终于响了起来："去1102。"

这是面试结束的意思吗？

这个人讲话简直是简单得抠门啊……

鹿晓已经完全适应了室内光线，悄悄四处张望，她看见屏幕后面似乎有一面半透明的玻璃屏障，屏障的后面隐隐约约透出模糊的影子。她好奇地靠近了几步，想看一看她的面试官。

"不要靠近那里。"那人忽然疾言厉色起来。

鹿晓吓了一跳，僵持了一会儿，转身离开1101室。

就在她离开之后，那个人影绕到了鹿晓刚刚站立的位置附近，在地上摸索了片刻，捡起了一支摔坏的试管。

他尽可能地把玻璃碎屑清理干净，才松了口气。

1102室简直是另一个世界，整个房间是灰黑白极简装修，沙发茶几写字桌上没有一丁点杂物。明媚的阳光透过落地窗投射在房间里，整个房间明亮而又温暖，整洁干净得简直能治愈强迫症患者。

除了整洁舒适，隔壁还有一个特殊的地方，它与1101相连的并不是一堵墙，而是一个巨大的投屏屏。屏幕上竟然能够直接显示1103的所有物体的剪影，就像是在白色的墙上显示出随时会动的黑白写真素描。

白墙上的剪影线条如同融化一样变化，渐渐显示了一个男人的轮廓。大概是那个人走到了1101的墙面前。

鹿晓就站在墙的这一面，与他面对面，有一种奇妙的贴近感。

"好久不见。"那人低沉的声音传来。

好久不见……是指上次初试？可他明明只去了一张桌牌啊。

总不会指的是30秒以前吧？

"沙发，合同。"那个声音通过房间里的音箱忽然响起。

鹿晓迟疑着走到沙发边捡起了合同翻看。合同的条款很简单，大致上是聘请她为助理实验者，实习薪资三千块，实验室包五险一金，条件是每周都要至少通勤两天,包括且不限于上班时间配合实验待命。

"助理和助理实验者有什么区别?"鹿晓对着墙问。她是中文系出身,对文字从来不敢马虎,一字之差坑穿地球的前例毕竟多了去了。

墙面上的身影似乎微微靠前了几步,剪影显得更加高大和瘦削。

"助理,公用。"那个人的声音毫无波澜,一字一顿机械分明,"助理实验者,实验对象,"他沉默几秒,补充了两个字,"我的。"

鹿晓不知道该用什么表情做反应,她根本听不懂。

他的表达能力好像很成问题,虽然吐字清晰,语句却完全不像是跟人类沟通的句式,反而像是给计算机下达关键词命令。

她试着问他:"实验对象就是小白鼠的意思?"

剪影不置可否,像是默认了。

鹿晓窘了,青天白日,只是想找一份工作而已,用不着进生化危机剧组吧?

鹿晓饥肠辘辘,就近在高教园区边沿的餐厅吃了晚餐。

高教园区的餐厅价廉物美,餐厅里来来往往的很多人还穿着SGC的白色工作衫。他们三五成群,用餐的时候还在讨论着实验与项目。

"鹿晓?"诧异的声音。

鹿晓回过头,看见下午A楼面试考场上遇到的短发格子衫女。

温雯?

温雯兴奋地挥了挥手,端着餐盘弯弯绕绕,挤到了鹿晓的对面坐下了:"好巧啊,没想到今天还能遇见你第二次!"她的眼睛炯炯发光,"你收到复试结果通知了吗?SGC的效率超级迅猛啊,当天就给答复!"

"没有。"鹿晓回答。

温雯的笑脸一僵,有些尴尬地吐舌头:"那个……SGC的实习工资很低的啊,只有1500块钱……"她抓耳挠腮,"对不起啊……我……我说话太没脑子了……"

她越说越结巴,一头俏皮的短发转瞬间被挠成了草窝。

鹿晓看她局促后悔的样子，没忍住笑出了声："没关系啊，此处不留爷，自有留爷处。"

"没错！"温雯拍桌子干笑，"天涯何处无芳草啊哈，而且我们这一批只是实习助理，又不是助理实验者，就算面试通过了也不一定就能留在 SGC……"

"助理实验者？"鹿晓捕捉到了熟悉的词汇。

"对啊，我们实习助理一般是教授们公用的小打杂，助理实验者是固定跟随某个教授的正式编制员工，都说实习助理多如狗，真正留下来的却没几个，唉——"

鹿晓一头雾水："助理实验者……不是配合教授实验的小白鼠的意思吗？"

"当然要配合实验啊，临时请志愿者太麻烦了，普通的实验都是教授和助理一起做啊。我们今天面试这拨人，还被要求完成郁教授的暗适应实验，也算是小白鼠吧？"温雯的眼睛亮闪闪，"郁教授是业内大拿，这个也够吹很久了！毕竟为了防止科研信息外泄，一般会请志愿者或者让自己的正式助理实验者完成的……"

鹿晓的脑海里回响起 1101 室那个藏在暗处的男人的声音：

助理，公用；助理实验者，实验对象；我的。

原来是这个意思！

遥远的 SGC 大楼里，一个瘦削的男人坐在黑暗中。他一直保持着原本的姿势，似乎是与黑暗有着异常的耐性去较量。

片刻之后，漆黑的室内电话铃声响了起来。

男人等电话铃响到第三声，接通电话，静静放到耳边，却没有开口。

电话那端响起一个女人小心翼翼的声音："郁教授您好，我是 SGC 行政部 HR 专员汪晴，您今天复试通过的那个叫鹿晓的女孩子，我发现她的专业并不是生物工程或者药学专业，所以想跟您确认一下，您知情吗？"

"知道。"男人冷道。

"其实这次复试人数不少，学历与专业更加契合的还有很多，我可以帮您挑选专业内的……"

男人沉默。

电话那头声音越来越犹豫："郁教授？郁教授？您在听吗？"

男人坐在椅子上，伸出指尖，轻轻敲击了一下手机。

汪晴松一口气："郁教授，您是否需要我继续寻找……"

"不要。"

"可是郁教授，鹿小姐她……"

"不要别人。"

男人仰起头，在黑暗中露出颀长的脖颈。

像是自言自语似的，他又生硬地重复了一遍："只要她。"

斩钉截铁。

Chapter4 入职

鹿晓并不知道她那煮熟的鸭子差一点点就飞了这件事。

第二天,她按时抵达 SGC,在行政部办理完毕入职手续,眼看着其他同期的实习生一个个被接引的师兄领走,她等了半天不见有人来接,干脆独自前往办公室。

再一次踏入实验室 B 楼顶层,其实并没有昨天那么紧张。昨天晚上她特地上网查了温雯口中的"暗适应"实验。人体的视网膜对光线有着适应性,比如一个人从强光处进入相对黑暗的环境里,他就会在短时间内视力急剧下降,完全看不清楚周围的事物,随着时间的推移,在五分钟到半个小时内又会完全恢复视力,并且能够看清在暗处的事物。这个过程叫作人体的暗适应。

黑暗的没有灯的封闭走廊,完全漆黑的实验室,这一切都是郁清岭的实验而已。

只不过因为她是个对这些一窍不通的文科生,才把走近科学误解成了生化危机。

鹿晓叩响 1101 房门:"郁教授,我是鹿晓,来向您报到。您在里面吗?"

1101 的房门沉寂片刻,才传出一个冷寂的声音:"去 1102,不要进来。"

"好。"

听声音还是那么冷淡简约。

鹿晓走进 1102,面对墙壁上的那个剪影。他似乎穿着风衣,瘦削的身体如同衣架,站在那儿的时候,好像只能看见衣服本身的形状,就像是一个衣架。

然后呢?

鹿晓感觉自己站得脊椎都酸痛了,可是对面的那个身影一动都没有动。会不会只是一个稻草人呢？比如穿着风衣的人工智能机器人？

"那个……请问，我的工位……在哪里？"

"1102。"

可是按照常理，一般这种情况下应该会有一个办公桌吧？鹿晓今年26岁了，职场经验其实一直是零。她在1102转了一圈，忍不住问："可是这里只有沙发啊，我坐哪里？"

对面沉默。

他该不会根本没想过把她放在哪里办公吧？

鹿晓暗自掐自己的手掌，阻止自己这荒谬的想法。可是看见对面的那个身影一动不动的样子，她甚至忍不住脑补他彷徨呆滞的表情……

"1102，任何位置。"通话器传来声音。

虽然并不是生化危机，可是她怀疑自己遇到了职场冷暴力。

鹿晓之所以无法确定工位，是因为1102根本就不是一般的办公室模样。进门之后第一眼能见的是巨大的落地窗，窗前是一套六座沙发，再往内走，一面是餐桌与建议的开放式厨房，一面是屏风、单人床、书架、嵌入式衣柜……

与其说是办公室，这里根本就是一个设施齐全的单身公寓。

房间里弥漫着一股淡薄的消毒液的气息，干净清爽。

鹿晓在里面绕了一圈，打开衣柜，发现一摞整整齐齐的白色工装。

所以，这是郁清岭的房间？

鹿晓扶额，她以后都要在郁清岭的房间里干活吗？

鹿晓思维崩溃的时候，电话响了起来，是一个陌生号码。她想了想，接通电话。

汪晴的声音传来："鹿晓同学，十分钟后会有人送办公桌到11楼，你记得开门接一下。"

鹿晓："办公桌？"

汪晴笑道："是我的疏忽，忘记考虑办公场地了。郁教授的办公室在1101，不过他最近因为正在做暗适应实验，所以1101暂时没有办法用。反正离实验结束也就剩下五天时间了，你就先委屈下，在1102办公吧。"

十分钟后，一个戴眼镜的斯文男生把办公桌和椅子搬到了1102，帮鹿晓把办公桌放到了窗台下。

"辛苦了老师！"鹿晓狼狈地鞠了个躬。

眼镜男看见鹿晓的动作，笑得眼睫都弯了："我姓黎，黎千树，不用叫老师，叫师兄就好。"

他不笑的时候，透着一股子冷清，一笑起来就又明媚得近乎柔软。

鹿晓已经看了好几天格子衬衫的理工男，还是第一次在SGC看到这一款男人，不由得有些发怔。

黎千树大概是看惯了这样的目光，既不戳破，也不调戏，只是话锋一转："你是应届毕业生，如果在工作上有什么疑惑可以随时来问我，我的办公室就在楼下楼梯拐角处。"他的眼里噙着一些莫名的忧虑，一闪即逝，"如果……我是说你和郁教授之间相处不是很顺利，你可以随时联系我，不论是不是上班时间。"

"哦……好！"鹿晓茫然点头。

她目送黎千树离开1102，越发一头雾水。

黎千树这话的意思是知道郁清岭不搭理人吗？

与办公桌一起搬来的还有一大摞文件夹。

文件大部分是一些实验报告，厚厚的一大摞，放在最上面的是郁清岭最新的研究课题：《暗适应实验研究》。

鹿晓看不懂那一堆奇形怪状的符号与实验数据，于是掏出手机搜索关键词，大致了解了视觉暗实验到底是什么。简单粗暴地理解就是把光明的房间变成暗室，然后测定人体的视力在黑暗中改变的程度与时间的关系。

可是，资料上说，长时间的视觉剥夺是会伤害视觉神经的。

鹿晓好奇地看了一眼对面白色的墙壁——是不是科学家们都格外有

奉献精神呢？

鹿晓身为文科生，阅读速度非常快，个把小时之后就把那一堆文档基本上扫视了一遍。每一份报告的主题与论证各不相同，唯有首页上的"郁清岭"三个字一如既往，几乎没有任何改变。

简直像是复印的一样。

鹿晓对郁清岭更好奇了。究竟是多么刻板而自律的人，才能保持签名十年不差分毫呢？

"郁教授，"她尝试与自己的上司搭话，"我已经看完了文档，您如果有需要我协助的地方，可以随时吩咐我。"

对面一片寂静，郁清岭没有回应。

鹿晓等了半天没有等到回音，怀疑郁清岭是不是休息了。她掐着时间，过了半小时，又试探性开口："郁教授……请问，有没有我能帮您做的事情？"

"没有。"

郁清岭干脆而又冷淡的声音。

看起来，他只是不想搭理她。真相实在太残忍了。

"郁教授……"鹿晓努力抑制心里的沮丧，"我很高兴您能够同意让我进入 SGC。"

"我……我现在还不是很看得懂您的论文，但一定会好好学习的！"

"我一定会补充关于您的研究领域的相关知识，尽快能做您称职的助手，请您……"

请您多给我一些时间。鹿晓把后半句话咽回了肚子里，她觉得自己是个越描越黑的智障。一个文科生，在这里大言不惭地说自己能跟上一个教授的研究进度，怎么看都是个笑话。

而墙壁的那一边，确实也毫无声息。

不知道是郁清岭他根本就不信，还是已经没有耐心再听她异想天开的演讲了。

无言的尴尬弥漫在房间里。

鹿晓沮丧地趴回了办公桌上,她大概知道 SGC 是因为商锦梨的关系不得不收了她——难道是因为郁清岭人缘差,所以被强制接收了她这个外行?这是他无言的反抗吗?

鹿晓通勤的前三天,在空虚寂寞冷中度过。

鹿晓感觉自己是在玩一个叫作"上班"的手游,每天的日常就是如何一个人假装在工作。她实在闲得心慌的时候,会自顾自地坐在沙发上和郁清岭报告当天的论文感悟心得,照旧是她在墙这边絮絮叨叨,郁清岭在墙壁那边沉默是金。

实在无聊,她只好一遍又一遍阅读郁清岭的论文,在寂寞中把它们按照时间顺序整理归档。那些论文很多已经时代久远了,纸张泛黄氧化,她干脆去楼下的书店买了一个塑膜文件夹,把纸张装订成了一本小册子,用钢笔在塑膜文件夹第一页写上了目录。

然而,也没有然而。

做完这些,她依旧是百无聊赖的闲人一个。

鹿晓的自信心在沉默中日渐瓦解,她终于敲了敲墙壁,小声道:"郁教授,您真的没有工作需要我做吗?"

等了一会儿不见回答,鹿晓转身关上灯,轻轻合上了房门。

雪白的墙壁在她离开之后有了变化:郁清岭的剪影出现在墙壁上,他抬起手,似乎是想要挽留,最后却保持着原有的姿势僵直了身体。

"有。"他的声音慢了半拍响起来。

剪影面对着空荡荡的沙发,久久没有等到回应,慢慢地消散了。

那时,鹿晓已经摸着黑走过回字形的过道,在电梯口看见了一个熟悉的身影。

"黎师兄?"鹿晓惊喜地打招呼。

整个 11 层都是郁清岭的研究活动专区,这还是她第一次在这里遇见其他活人。

"鹿晓，好久不见。"黎千树笑着打招呼。

他大概是刚刚进过资料室，手里正吃力地捧着一沓文稿。陈旧的文件夹把他的白色工作衫挤压得变了形，他紧紧抓着那些文件，葱白的指尖微微泛红，脸上的神情却看不出丝毫的吃力，依旧是一派温和，镜片背后的眼睛弯弯的。

鹿晓看了看他泛红的指尖，问："要不要帮你一起搬？"

黎千树想了想："有些重哦，准备好。"他吃力地换了一个姿势，从文件堆里分出一沓，交到鹿晓的手上，"哇，轻松好多。"他眯眼微笑，小声欢呼。

鹿晓看着手里十厘米左右高的文件，被他夸张的反应逗乐了："哪有轻松多少，你只分了我这么一点点。"只是这么一点儿，根本就分担不了他多少重量吧？

黎千树笑而不语，腾出手按电梯。

鹿晓咧嘴："再多给我一点儿吧，我力气很大的！"

黎千树摇摇头："不给。"

"啊？"

"因为你看起来本来就负重千斤的样子啊。"黎千树眉眼温柔，"怎么了，心情不好？"

总不能老实说，因为被上司冷暴力吧……

电梯开了，黎千树踏出电梯，含笑看鹿晓："帮我搬到办公室，好不好？"

"哦……好！"鹿晓埋着头匆匆跟上他的步伐。

黎千树的办公室在A楼3楼的行政部，独立办公室。办公室门口贴着一个标签"心理研究"，整个办公室里春意盎然，墙角桌边窗台上堆满了各式各样的植物，走进他的办公室，仿佛是走进了植物园。

黎千树把资料放在办公桌上，转身接过鹿晓手里的文档。

鹿晓被热带森林一样的办公室震撼了。

黎千树笑道："可惜郁金香还没开，否则就送你一小束了。"

"不用不用！"鹿晓连忙推拒。

"不过栀子花开了。"黎千树已经折了一枝白色的花走到了她面前，轻轻插进了她的背包夹袋里，"可以凝神静气，帮你打怪用。"

"打怪？"

"有些教授的脑袋聪明绝顶，相对的，性格方面会有些缺陷，你可以试着直接问他的想法。"黎千树轻缓道，"跟他们相处，需要更多的耐心，就像哄小孩子一样。"

天色已晚，黎千树目送着鹿晓离开办公室，随后踏着夜色出门，刷卡进了11楼1102。

他没有开灯，摸着黑找到了沙发，细长的指尖弹了弹茶几上的对话器："天已经黑了，你可以出巢了，囚鸟。"

黑暗中，一片寂静。

片刻之后，隔壁的房门发出细微的声响，消毒液的气息从门外漫进了房间里。随后门口响起了极轻的脚步声，一个人影踏着黑暗进入房间，熟门熟路地坐到了另一个沙发椅上，安静地蛰伏。

黎千树习以为常，摸着黑倒了一杯酒，放到茶几上："要不要来一杯威士忌？"

沉默。

过了一会儿，那个暗影低沉道："不要。"

依旧是冰凉的声音，仔细听，其实里面还夹杂了一点显而易见的嫌弃。

"黄昏的时候，我撞见了鹿晓，她看起来似乎心情不太好。"他抬头看那一撮岿然不动的暗影，"我说，你是不是太'物尽其用'，把人家使唤崩溃了？"

"没有。"

黎千树慢条斯理地晃动酒杯："你这话的意思就是，你没有使唤她，你晾了她三天了,对吗?"

沉默。

黎千树一口酒噎在口中:"你没搞错吧?当初拿着一份简历逼着我通过初试筛选的是谁?我好不容易把人给你弄到面前了,你竟然晾着她冷暴力?"

"没有!"郁清岭的声音细微变化。

哟,这还生气了。

黎千树喷笑,郁清岭空有逆天的智商,在情商上向来是一只弱鸡,不知道这一次是不是因为跟那个叫鹿晓的女孩子有关,他竟然听出了他是在嘲讽?

"可是她以为你在嫌弃她,可别怪我没提醒你,鹿晓的合同虽然是两年,但是她有直接辞职的权利。"黎千树看着难得吃瘪的郁大教授,不怀好意地恐吓,"你要是再保持这个状态,不等你完成手头的实验,你的实验对象就会——逃走了哦。"

黎千树恶劣地吹了口气,配合他"逃走了哦"的形容。

黑暗中,郁清岭握紧了拳头。

第二章 也许会遇见你

▲ Chapter5 教授这等动物 ▲

第二天清晨，鹿晓回到1102，发现室内的气息似乎发生了一点变化。干净清新的消毒水气息中，隐隐约约夹带了一丝微乎其微的……酒味？

鹿晓的鼻子向来敏感，小时候秦寂在学校抽烟喝酒，不论他下课后做过多少预防措施，她都能第一时间闻出来然后告黑状。对此，秦寂恨得牙痒痒，形容她上辈子大概是一只巡回猎犬。

是谁晚上在办公室里喝酒吗？

可是昨天明明是锁好门才走的啊……

鹿晓带着疑惑回到自己的办公桌前，看见空荡荡的办公桌上赫然多出了一台笔记本电脑，笔记本电脑上覆着一张A4纸。雪白的纸上是几行工工整整的字迹：

今日工作：

1. 线上搜索记录100例夜盲症患者的病历档案，并加以规整。

2. 为阳台上的花浇水。

3. 很高兴你成为我的助理。

4. 暗实验明天结束，期待与你的见面。

——郁清岭

这是什么跟什么啊……

鹿晓目瞪口呆地看着那个跟论文上分毫不差的签名，忽然反应了过来，兴奋地把那几行字又仔仔细细看一遍：果然前几天只是考核她是不是有资格当助理吧？她通过考核了？郁教授终于开始决定把她当助理来使唤了吗？

初出茅庐的小嫩草鹿晓，为即将到来的工作感到由衷的激动。

鹿晓在室内转了一圈，找到了阳台入口。1102拥有一个独立的朝南大阳台，阳台上种着一排绿植，延展架上挂着几件白色的工作衫，微风吹过，清新的洗涤剂味道便扑面而来。鹿晓伸出指头碰了碰那些衣服……湿的。

鹿晓觉得自己简直是个猪头。

她终于知道酒味是哪里来的了，这里本来就不是办公室，这里是郁清岭的房间。房间的衣柜里还挂着郁清岭的衣裳，床榻上的薄被被叠得整整齐齐，这其实本来就是一个私人的空间，也许就在几个小时之前，郁清岭才从房间的床上醒过来，穿戴整齐地去隔壁小黑屋。

鹿晓感觉脸上有些发烫。

除了秦寂，这还是她第一次进入一个异性的生活空间。

她用自己的杯子去厨房接了一点水，给阳台上的植物们每一盆都浇一点点，然后回到室内，敲了敲隔壁墙壁："郁教授。"

那端没有回应。

意料之中。

鹿晓已经习惯了这样的冷遇，正打算回到办公桌前，忽然看见自己的背包侧袋中那一朵已经被风干的栀子花。她想起了黎千树的叮嘱，又折回了墙壁前，斟酌着开口："郁教授，植物已经浇好水了，绿萝浇透，栀子花半干，多肉我看土壤还潮湿，就没有浇，这样做可以吗？"

她试探性地加了一个问句。

对面沉寂了片刻，郁清岭的声音响起来："正确。"

啊，竟然回话了……

鹿晓猝不及防，呆望着墙壁，心里忽然升腾起一个古怪的念头。

为了验证这个念头，她挖空心思地想了个问题，小心地开口："郁教授，您要的资料我傍晚之前给您，可以吗？"

"可以。"郁清岭迟迟道。

"请问，每天的午餐时间，是不是11点半？"鹿晓再试探。

"11点15分。"

"郁教授，您还记得我叫什么名字吗？"鹿晓壮起胆，抛出傻瓜问题。

"鹿……晓。"

郁清岭迟疑了几秒钟，然后又低声重复了一遍："鹿晓。"

冷淡的声音，平静中夹带着一点点小疑惑。

"噗，"鹿晓脑补了郁大教授头顶的小问号，飞快地捂住了自己的嘴，在原地蹲了下来，防止自己喷笑出声来。

果然，他有疑问句必答强迫症。

她一直以为，郁清岭是因为对她来做助理有疑义，或者是他本身性格恶劣，所以才会这样持续冷暴力。现在看起来是像黎千树说的那样，每个科学家的性格都有各自的性格缺陷，是她的沟通方式没有跟上郁清岭啊。

她忽然起了强烈的好奇心，好想看一眼啊，这个古怪的教授到底长什么样？

带着强烈的期盼，鹿晓终于熬到了下班。

她回到居住的小区，发现公寓里灯光透亮，厨房里传出阵阵饭菜香。

"商锦梨！你回来了？"鹿晓冲向厨房。

厨房里，一个浓妆淡抹的御姐正举着锅铲翻炒着一盘蔬菜。她看样子还来不及卸妆，浓密的眼睫如月牙，长而浓密的卷发被简单扎成了马尾，披散到了腰际，勾勒出玲珑的曲线。

一室菜香，美人色香味俱全。

"洗手，准备碗筷。"商锦梨式的命令语气。

"哦，好！"鹿晓匆忙把火锅材料塞进冰箱里，从碗橱拿了碗筷，仔仔细细地放到了客厅的餐桌上。

屋子里所有的灯都开了，明亮得让人心安。

鹿晓连日来的担惊受怕一扫而空，兴冲冲地从客厅的酒柜里拿了一瓶红酒，边开瓶盖边等饭菜。

片刻之后，四菜一汤上桌。

卸了妆的商锦梨举起杯子抿了一口酒，眼里露出淡淡的倦乏。

鹿晓尝了一口菜，狗腿地主动给商锦梨盛了饭，小声嘀咕："别喝多啊，累了就早点去休息呀。"商锦梨是少见的真心喜欢喝酒的女强人，喝酒是她每次出差回来的休闲项目，只不过一不小心就会喝醉，她的酒品可真不怎么样。

"SGC入职了？"商锦梨抬眼，懒洋洋地问。

鹿晓点头，感激涕零："还好有你帮忙推荐……"

商锦梨笑了："没什么，就当我报答你'包养'之恩。"

她笑起来时，眼睫弯翘，眼角有一颗细小的泪痣，让她的眉眼都带着妩媚。

鹿晓窘迫得面红耳赤："你乱讲什么包养啊……房间本来就多着没用……"

商锦梨低眉笑起来，伸出细长的手腕，举着高脚杯，轻轻碰了碰鹿晓的饭碗："干杯。"

风情流转。

商锦梨当然不是鹿晓包养的，不过勉强可以算作是鹿晓收养的。

三年前，鹿晓匆忙搬出秦家，学校的宿舍无法临时安排，她就干脆在学校的附近买了一套二手房，简简单单地收拾了一下就住了进去。商锦梨就是那套二手房的前任主人。

那时候的商锦梨瘦得面容枯槁，只拎着一个拉杆箱就要离开。鹿晓看着她的模样，鬼使神差地问了她一句："你……有没有地方住？"

商锦梨回过头，瘦得凹陷的脸上拉扯出一抹奇异的笑。

"没有。"她的声音沙哑，"怎么，要收养我吗？可我没有钱。"

那一年鹿晓刚刚大学毕业，被她一笑蒙了，讷讷回答她："还有一个房间，不用房租的……"

鹿晓当时的思维很简单，从小到大她都没有一个人独居过，如果有个伴也不错，更何况她看起来确实是一副遇到了困难的样子，房子也是低于市场价卖的……

于是她收留了商锦梨，白天她去Z大上课，商锦梨就在家里料理家

第二章 也许会遇见你

务,晚上她顺道从超市带回新鲜的食材,商锦梨就把那堆食材烹饪成美味的佳肴,就像养了一个田螺姑娘。时间久了,商锦梨的面容渐渐红润,皮肤越来越白皙透亮,日复一日美得发光。直到有一天,她似乎终于下定了决心,说要出去找工作。

鹿晓当然支持,于是三个月后,商锦梨替公司谈下了第一个业务,带回了一张支票。

"买菜用。"商锦梨打着哈欠说道。

鹿晓打开那张支票,一双眼睛瞪得老圆,支票上面的数字应该出现在售楼大厅里,不应该在这个小客厅!

这还只是女强人商锦梨复活后的第一笔买卖。

"听说郁教授并不好相处。"商锦梨喝完了一杯酒,用筷尖挑了一点儿饭,慢慢咀嚼。

鹿晓勉强从混乱的记忆里抽出了神,老实回答:"还好。"

"可能那些上了年纪的学者都会有点怪脾气吧?"鹿晓为郁清岭找了个理由。

商锦梨动作一顿,勾了勾嘴唇:"上了年纪的学者?"

鹿晓:"不是吗?"郁清岭还不够格称学者?

"没什么,只是我也没有想到你会那么顺利通过他的选拔。"商锦梨低笑,"郁清岭是典型'邪教流魔修党',你跟着他可要小心被欺负。"

"什么意思?"鹿晓发蒙。

商锦梨道:"生化科研圈,三流学者做教书匠,二流学者走穴演讲,一流学者做科研。科研分两派,一派拿国家项目,成立自己的实验室,本本分分按部就班,十数年或者一辈子攒一个名望,这种是走名门正派路子的。"

"那'魔修'呢?"鹿晓呆滞地问。

商锦梨挑了一块笋,顺手夹给了走神的鹿晓:"'魔修'指的是那些铤而走险的天才。郁清岭这种人一般是大财团巨额资金养着的超级大脑，专攻高新尖端领域，不计代价获得实验突破，实现商业目的。"她低垂下目光，仿佛若有所思，片刻才轻声继续道，"这一类人啊，一生唯一在意的就是科研，聪明得不像地球人，冷血得六亲不认。"

商锦梨走神了。

鹿晓偷偷看她的表情。她这两年来已经很少走神，每次风风火火地出现，一颦一笑都能闪瞎她的钛合金眼，这次不知道是想起了什么事情吧……

"郁教授他不是坏人。"鹿晓小声解释。

虽然她也有过和郁清岭沟通失败的时候，虽然她常常是一个人唱独角戏，咳……不过，她不认为那是脾气差，毕竟她的每一个疑惑，每一个无知的问题，他都会一一作答，不厌其烦。郁教授他其实是一个很真诚的人。

"我又没说他是坏人。"商锦梨回过神来，满脸促狭，"你才认识他几天，不要那么快被拱了啊，小白菜。"

她的声音透着一丝别有韵味，尾音拖长，明显带了调戏腔。

鹿晓已经习惯了当初收养的流氓小猫变成老虎，叹了口气，闷头扒饭。

真可怕，这个移动的荷尔蒙机器外加赚钱杀器，当初到底是怎么才沦落到贱卖房子的地步的？

第二章 也许会遇见你

▲ Chapter6 真面目 ▲

不可否认，鹿晓被商锦梨口中的"魔修"党勾起了强烈的好奇心，她原本想就守在1102等待着郁清岭结束实验，谁知道中午时分，办公室门被敲响，一个陌生的中年女性在门外笑得彬彬有礼。

"我是行政部主管，善芳。"中年女性礼貌道，"今天下午三点整在生化部有一个会议，是关于郁教授手上的'曦光'项目的立项会议。你是他的助理，所以需要你去做会议记录。"

"可是我才入职三天，并不了解……"

"这个会议讨论的是郁教授的研究课程，也算你的分内事。我已经和郁教授沟通完毕了。"

"好的。"鹿晓答应下来。如果郁教授没有问题，她当然没有推卸的理由。

三点整，鹿晓收拾了笔记本，跟着来带路的汪晴去会议室。

会议室里已经聚集了不少SGC的员工，那些人年纪偏大，面孔陌生，看起来是SGC的管理人员，齐齐坐在椭圆会议桌的一侧。会议桌的另一侧空空荡荡，显然是合作公司还没有来。

鹿晓扫视了一圈，默默地在SGC那一侧搬了一张椅子，坐到角落里。

几分钟后，会议室的门再一次打开，几个商务打扮的人鱼贯而入，最后进入的是一男一女两个年轻人，就坐在了会议桌靠近SGC管理层的位置。

鹿晓抬起头看了一眼，下巴差点没有掉下来。

竟然是秦寂和商锦梨！

"秦总，欢迎莅临SGC，我是SGC行政主管善芳，这是我们的运营总监邱凯。"善芳向秦寂伸出手，目光投向商锦梨，"商女士想必不用多作介绍了，她已经与我司沟通了一个月了。"

秦寂象征性地握了握她的手，道："我是秦寂。"

他的目光在会议室里扫视了一圈，落到最角落里，脸色微微一变。

鹿晓飞快地低下头打开了笔记本电脑，瞬间被挡住了大半张脸。她已经听不清他们在寒暄什么了，全世界好像只剩下了狼狈的心跳声，以及脑细胞一个个炸裂的声音：秦寂和商锦梨怎么会在这里？不对，秦寂和商锦梨这两个人怎么搞到一起了？

秦寂的目光从鹿晓身上收回，冷眼看了一眼商锦梨。

商锦梨耸耸肩，无所谓地勾了勾嘴角。

"意外。"她在秦寂耳边小声道。这的确只是个意外，她只是推荐鹿晓进入了 SGC，可没想到她会成为郁清岭的助理，更没想到她会出现在这里。她望着脸色不佳的秦寂，又看看缩成蘑菇的鹿晓。

还真是冤家路窄啊。

简单的寒暄过后，商锦梨代表 SGC 向秦寂的公司协科 SAS 解说项目规划。

鹿晓飞快地敲击键盘把她说的内容简要记录下来。鹿晓已经慢慢捋清了秦寂和 SGC 合作的项目，秦寂这两年专注于基因医疗保健，而 SGC 是国内最好的生化实验室，秦寂出钱，SGC 出科技，两家公司已经有了好几次成功的合作。

这一次，秦寂与 SGC 主要合作的项目是自闭症患儿情感培育诊所。

简单说来，是建立在生理与心理共同干预与培养下的自闭症患者高消费保健诊疗会所，主要是培养自闭症患者的情感感知，通过外部手段，尽可能地让自闭症患者感知到他们无法感知的情感。

这真的可能吗？秦寂公司的其他高层也面露疑惑。

商锦梨笑道："人类的情绪与情感并不是不可知的东西。您认可吗，秦总？"

秦寂沉默。

他的注意力在鹿晓身上，鹿晓的注意力在商锦梨说的内容上，于是鹿晓抬起头，刚好撞上了秦寂的目光。

秦寂勾了勾嘴角，盯着商锦梨道："商小姐才华横溢，解说非常浅显易懂。不过我并不是业内人员，作为投资人，我需要的是足够的说服力，证明情感学院策划案可行。"

鹿晓偷看秦寂的面瘫脸，默默地在笔记本上敲击：协科公司意见：没干货，不给钱。

商锦梨笑道："没关系，秦总，您既然坐在这里，我想我们之间的沟通目标其实都是一致的。我也不是业内人员，所以我解释不周到的地方，SGC的科学家们可以替我做补充。"

鹿晓记录：要干货，我找帮手。

秦寂道："有劳各位专家。"

鹿晓记录：走着瞧。

接下来，是漫长的整合与厮磨战役。SGC的科学家们一个接着一个，在各自的领域为这一次合作案做了相应的解释。协科方再提出疑义，再获得解释。

商锦梨是鹿晓的室友。这是鹿晓初次见到职场谈判，也是她第一次见到商业场合下的商锦梨。

她就像一柄漂亮的利刃，杀伐果决，收放自如。

时间不知不觉过去，天色越来越晚。

明明已经进入了寒暄时间，却没有一个人提出来结束会议。

终于，在鹿晓的耐性耗尽之前，善芳总结道："秦总，关于这一次的自闭儿童情感培育中心的合作方案，我们已经向贵公司发送了合作细节说明，请问秦总对说明还有哪些增改意见？"

秦寂不置可否。

几乎是同时，遥远的地方传来一阵轻微的电梯声。所有人的目光都转向门口。

谁？

鹿晓感觉自己的焦躁忽然有了一个突破的口子。

片刻之后，会议室门轻轻开启，汪晴的身影出现在门口："这边请。"

她对身后的人恭敬道。

鹿晓好奇地探出头去想看看门口究竟是何方神圣，却只看见了一片白色的衣角。

那是 SGC 的工作服，长款的白色风衣。

下一秒，白衣的主人径直走到了会议桌前，进入了所有人的视野。那是一个看起来极其年轻的男人，他站在会议桌前，乌黑柔软的短发有些偏长了，几乎盖住他的眼睛，只露出了极其苍白的皮肤和挺立的鼻梁。

他仿佛自带噤声气场，只是往那里一站，整个会议室噤若寒蝉。

鹿晓呆呆地望着他，忽然闻见了会议室里多出一点熟悉的气息，那是潮湿的幽静的消毒水的气味。

"郁教授，您好。"善芳朝年轻男人微微鞠躬。

鹿晓听见自己的心脏狠狠地跃动了几下，几乎要蹦出喉咙口——她……刚才喊他什么？

那个苍白的男人缓缓地抬起了头，露出了一双灰蒙的眼睛，他的目光没有落在任何一个人的身上，只是对着空气道："关于自闭症患者的情感培养，课题随时可以开始。"

会议室里寂静一片，没有人再发出声响。

明明刚才所有人还在讨论项目能不能达成合作，可是他一出现，项目是否成立似乎已经不在考虑范围内了。

"郁教授，"静默中，秦寂的声音响了起来，"刚才诸位教授已经做了详细解释，不过我更想知道您的意见。"秦寂勾了勾嘴唇。

鹿晓了解秦寂，他每次遇到根本不信的事物都是这副表情。小时候圣诞节时她给圣诞老公公写信的时候他是这副表情，长大之后她向他表白，他依旧是这副表情。

秦寂道："我知道您在改善夜盲症患者的基因研究上已经有所成就，但是恕我直言，虽然夜盲与自闭有一部分都是基因使然，但是毕竟情感这种东西……"

第二章　也许会遇见你

鹿晓的心，在听见夜盲症的时候抖了抖。

眼前的这个年轻的男人竟然真的是郁清岭？

他不是应该在小黑屋里面吗？

不对，他不是一个颇有建树的老学者吗？

郁清岭的目光落在虚空中："人类的情感是人类身体中腺体分泌的结果，它完全是可读且可操控的。比起夜盲症的改善，我更相信人类情感可以培养。"

"哦？"秦寂不置可否。

郁清岭抬起了头，目光中带着一丝潮湿。

"以爱情为例，后叶加压素使人更能感知到异性的魅力，甲肾上腺素会使人心跳加速，持续产生的苯基乙胺让人类最终产生爱情体验，再经由内啡肽让人想要与人缔结稳定的关系，进入婚姻，驱走焦虑。"郁清岭缓缓道，"当然，如果内啡肽分泌不足，人类就会移情别恋。"

这明明就是郁清岭的声音，可是鹿晓觉得很陌生——她印象中的郁清岭藏身在墙壁的另一边，他害羞而又不露面，只会吃力地表达自己的思想，耐心而又温厚地解答她的傻瓜式的疑问。

而此时此刻眼前的这个陌生男人，他的语言流畅，声音却淡薄得发凉，又平稳得如同一潭死水。

他真的是墙壁背后的那个人吗？

秦寂盯着郁清岭，他说："所以，郁教授，人类的情感可以经由影响腺体分泌而模拟产生，您是这个意思吧？"

郁清岭道："是。"

秦寂道："不论性别、年龄、身份，所有诸多因素都在内，都是认为可控的？"

郁清岭微微合上了眼睑，沉吟片刻，才缓缓道："普通人确实是这样，自闭症基于其特殊性，能否成功改善还有待研究。"

秦寂终于笑起来，他道："很高兴能够和您合作，郁教授。"

▲ Chapter7 情感操控者 ▲

一场会议下来，鹿晓觉得自己经历了一场三观的洗礼，整个人都有些虚软：为什么这里的每一个人，听见郁清岭和秦寂的理论，都像是理所当然的模样？

她忽然想起了商锦梨关于魔修的科研工作者的论断：郁清岭这种科研者，是财团巨资养着的大脑，他们为了科研不惜一切代价，冷静得近乎冷血。

会议室里的人流渐渐散去，秦寂的目光在鹿晓的身上停留了几秒，又森森地移开了视线。他没有多作停留，跟着人群走出了会议室，片刻之后，会议室里就只剩下了为数不多的SGC内部人员。

"郁教授，您怎么还不走？"善芳诧异地看着郁清岭。

鹿晓刚刚记录完毕最后的几句话，抬起头时，刚好对上了郁清岭的目光。

她忽然觉得身上有些潮湿，明明是天气晴朗的黄昏，却觉得周围的空气也变得湿漉漉的，像是穿梭到了拂晓前的雨林。

他在等谁吗？

鹿晓紧张地收拾随身的材料，她刚刚站起来时，郁清岭挪动了第一步。

鹿晓忽然意识到，郁清岭是在等她。

她飞快地收拾好笔记本电脑，犹豫了几秒钟，才磨蹭到他的身边，却不知道说些什么，毕竟这其实是他们第一次见面，而且他完全不是她想象中的长者模样。

"郁……"

郁清岭转身走出会议室，头也不回地朝前走。

鹿晓慌忙地跟上他，她身上的笔记本电脑和资料实在太多了，每一步都走得很狼狈。郁清岭一直不紧不慢地走在前面，好像是刻意地放缓了步伐。

就这样，一路抵达了 1102。

夕阳照进落地窗，熹微的光线笼盖整个房间。

郁清岭好像没有看见她，或者当她是空气。于是鹿晓眼睁睁地看着郁清岭脱下了随身的白色风衣，露出了修长的脖颈和细窄的腰。

他去了厨房，打开水龙头用手接了一点点水，泼到自己的眼睛上，随手撩开挡住眼睛的碎发，回到沙发前。苍白的脸就这样完全露了出来，乌黑的短发贴在面颊旁，眼睫上尤挂着一点儿水珠。

"郁教授，您……我……"

鹿晓还抱着笔记本电脑，像一个智障一样站在原地盯着郁清岭，说不出完整的话。

"想洗澡。"郁清岭低道。

鹿晓发誓自己居然听出了一点烦躁。

"等。"郁清岭点了点头，然后自顾自走进了洗浴间。

洗浴间里传来水声。

鹿晓坐在沙发上面红耳赤。她感觉自己是一个傻瓜，或者郁清岭是一朵奇葩，否则不论如何都不至于出现现在这个局面——她坐在沙发上，等着跟心目中人设完全不一样的郁教授洗漱打扮？

不对……这里本来就不是办公室，这里是郁清岭的房间啊！

等到她渐渐捋清了思路，穿戴整齐的郁清岭从洗浴间里走了出来，打开了房间的灯。

还好他是穿衣服的。

鹿晓在混乱中想着混乱的事，庆幸房间里的灯是特制的，光线很昏暗，郁清岭不至于一眼就看出她古怪的表情和发烧的脸。

"郁教授，您……什么时候从小黑屋出来的……"

"5 点 34 分。"郁清岭低声道。

"呃啊，哈哈，恭喜你啊。"鹿晓的大脑依旧混乱不堪，"那个你如果没有其他的事情，我就先下……"天色已经黑了，早就过了她的下班时间了,她现在面对湿漉漉的郁清岭完全无法思考,只想下班。

郁清岭就坐在另一张沙发椅上,静静地看着鹿晓。然后,他变戏法似的掏出了一份文件,递到鹿晓的膝盖上。

"这是什么?"鹿晓疑惑。

"实验计划。"郁清岭慢慢道。

鹿晓现在对 SGC 的种种"计划"和"报表"简直是有阴影。她紧张地打开那一份文件,果然,里面的内容意料之中的猎奇——

自闭症患者并不具备情感共鸣,而秦寂的情感疗养所试图用人工的方式干预自闭症患者的情感,从而从心理上强迫他们尽可能建立与这个世界的关联。而郁清岭要做的实验是——自闭症患者在与人情感交流时的激素腺体分泌监测记录。

他竟然想要找一个人模拟谈恋爱的过程。

这真是异想天开的实验。

鹿晓简直不知道该如何面对这份奇葩文件,这才是他当初说的"做我的实验品"吧?

"郁教授,我不能陪你做这种实验。"

郁清岭的眼睫微垂,指尖动了动,拧成了拳状。

好委屈。

他的肢体动作如是表达。

当初对着一个身体剪影,她还能义正词严地拒绝一份"实验品合同",但是看着眼前货不对板的郁教授,她有种自己在作孽的错觉。

"郁教授……喀,我理解你们科学家对科研的执着,"自从发现了他不是位长者,鹿晓感觉自己已经无法用正常态度面对他了。她不由自主地用了点哄骗腔,"你看,你也不是自闭症患者,是吧?这实验不一定科学的。"

她虽然在 SGC 等于一个文盲,不过自闭症是什么样子她还是知道的。

他们一般情况下不具备生活自理的能力，无法跟人建立长久的联系，更加无法正常与人沟通，这些郁清岭都没有，他充其量只是一个轻微交际障碍的阿宅科学家。

"郁教授，要不我们想想别的方法？"

鹿晓快要抓狂了。

郁清岭的身上莫名地散发着哀怨的气场，怎么办？她好想把他塞回隔壁小黑屋去。

长久的沉默。

"是。"郁清岭的声音幽幽响起。

"什么是什么？"

"自闭症。"郁清岭抬起头，他的指尖缓缓地划过自己的胸口，低沉道，"亚斯伯格。"

鹿晓走出 SGC 大楼时，天已经完全黑了。

路灯下，一辆黑色的迈巴赫静静地停在出口处，车上没有开灯，敞开的窗户里依稀透出一个人影。

秦寂。

鹿晓站在原地迟疑了片刻，认命地拉开了副驾驶座，坐进车里。她其实一点都不意外，她不顾他的反对擅自入职 SGC，而且还是在这样的情况下被他撞破……他没有当场发火，已经是深思熟虑了。毕竟从小到大，只要秦寂想要达成的目标，从来就没有失手过。

秦寂开了一点儿轻音乐，细微的声音在夜色下洋洋洒洒地飘散。

车缓缓启动，驶向前方。

鹿晓小心翼翼地判断着方向，她不知道秦寂想要送她去哪里，如果送回秦家，那么她就要提前提出异议；如果他只是单纯地送回公寓……她一点也不想和他多费口舌再起冲突。

谁知，秦寂哪里都没有去，他轻踩油门，稳稳地停在了两地的分岔路口。

秦寂低着头，轻道："你紧张地看路的样子，倒是跟小时候一模一样。"

"心理阴影。"鹿晓干笑。

许多年前在盘山公路上的那场车祸，差点要了她半条命。要不是正好有路过的好心人抱着她送到了山下的秋山医院，她可能早就小命呜呼了。从那以后，每次坐秦寂的副驾驶，她没有一刻不紧张的。

秦寂道："那之后我三年都没敢让你坐我的副驾驶，总是担心一转头就看见你鲜血淋漓的样子。"

"明明是你那之后就开始谈恋爱了吧……"鹿晓小声说。

那年秦寂拿到驾照，就载着初恋女友满世界浪荡，她这个巨大电灯泡就坐在后座上，看着他的女朋友如雨后的韭菜，换了一茬又一茬，她坐副驾驶的机会实在是不多。

秦寂听见鹿晓的声音，忽然低笑出声："滚蛋！起码有一部分原因是害怕你出事。"

1%吧。鹿晓在心底补充。

晚风中传来不知名的花香。

鹿晓默默吸了一口，悄悄看秦寂的侧脸。仔细算来，这应该是三年来，她跟秦寂罕见的和睦相处的时刻。

"快三年了，该撒的气也撒完了吧？"过了许久，秦寂的声音终于响了起来，"回家住吧，别待在外面。"

"我没有在撒气，我只是需要自己的生活。"

"滚蛋！缩在蜗牛壳大的地方装作独立，这不叫生活，这叫自虐。"

"我的房子也不算小。"

"你现在上去收拾衣服，我在楼下等你，今天不论如何都要跟我回家。"

"秦寂！"

"鹿晓！"秦寂狠狠砸方向盘，"你就见不得我安心是吧？"

鹿晓闭上了眼睛。

车窗外的一片漆黑，就像记忆中的夜晚。

她向秦寂告白也是这样的夜晚。那天正好是秦寂的生日。他伙同一帮狐朋狗友开着越野车深入山林，在山巅之上点燃了一盆篝火。她已经不记得那天究竟是谁挑起的话头，只记得那一帮年轻人唱歌喝酒，挤对着秦寂要让他在人群里挑一个女生来一个篝火之吻，庆祝正式迈入28岁成为老男人。

秦寂虽然是个浑蛋，在这方面却是罕见地有节操，绝不占任何女友之外的人便宜。无奈当时他正好空窗期，于是他醉眼看着一圈女生，忽然把缩在角落里的她扯了出来，在众人的欢呼声里抱着她到了人群中央。

"谁让你们没加前提啊，我家晓晓也算……嗝……是个女人了！"秦寂歪着头眯着眼睛，眼里映着熊熊燃烧的篝火，就这样猝不及防地低下了头，响亮地吻上她的额头，然后抬头扯嗓子喊，"够不够啊——"

鹿晓不太会喝酒，那时候为了壮胆已经喝了半瓶啤酒。

那夜篝火阑珊，空气中弥漫着干燥的木柴味。

她借着蒸腾的酒气，踮起脚尖，轻轻吻上秦寂的唇。

"秦寂，我喜欢你。"她在他耳边讲，"我已经长大了，你能不能考虑一下也喜欢我？"

刹那间，人群中爆发出尖叫与欢呼。

秦寂站在原地全身僵硬，忽然一把推开了她。

"什么？"他的气息紊乱，仿佛彻底醒了酒，满脸只剩下震惊与慌乱，"晓晓，别开玩笑……"

"可是我喜欢你，秦寂。"

"鹿晓！你扯这种玩笑有意思吗？"秦寂青筋暴跳，吼出了声。

欢呼与口哨声戛然而止。

冷风吹得篝火摇摇欲坠，鹿晓的心在秦寂暴跳的青筋下渐渐沉没。

几天之后，她借着毕业独立的借口搬出了秦宅，一晃三年。

三年之后，曾经熟悉的面孔，已经变得有些陌生。

秦寂静默了很久，才深深地叹了口气。

"我对爱情的看法，和郁教授的论断一样。"秦寂盯着鹿晓的眼睛，缓缓道，"很多人带给过我激情，可是那些火花持续的时间很短，我并不觉得那些爱情是长久的美好的东西。就像郁清岭在研究的课题，人类的情感，悲伤或是愤怒，亲近或是憎恶，都只是激素的结果而已。"

鹿晓沉默。

她知道，这是他的真心话。她见过他沐浴在爱情中的模样，也见过他失去兴趣后的冷淡。

"我不想让你因为没有意义的情绪而成为过客，你能理解吗？"

"理解。"鹿晓低声道。

秦寂要的是她更为长久的陪伴。

而她因为这个可笑的原因，彻底被排除在了他的爱情之外。

"所以辞职吧，晓晓。"秦寂掐灭了烟头，"如果你今天是留校，或者去文学类研究所，我绝对不会阻挠你。但是如果你要进SGC，为什么不考虑协科？晓晓，不要因为一时的年轻意气，就选择一个完全不适合自己的人生。"

"我理解你的理论，"鹿晓盯着秦寂的眼睛缓缓道，"但是不论是你还是郁清岭，你们的论断我都无法认同。"

"晓晓！"

"秦寂，我已经跟你表白过了。"

"鹿晓……"

"你可以拒绝我，但你不能为了自己的心安理得，就逼我也选择性遗忘这件事，让世界变回到你期望的模样。"

"你接受与否都不重要，我们未来如何都不重要，"鹿晓鼓起勇气道，"只是秦寂，你不能那么自私。"

Chapter8 亚斯伯格

不论有多少情感冲突，生活仍旧得继续。

翌日，鹿晓回到 SGC 的 B 座 11 楼，发现 1102 所有的窗户都已经笼盖上了一层灰色的窗帘，她专用的办公桌已经不知所终，取而代之的是一台心率检测仪，突兀地横亘在窗台下。

每天上班的办公室里，忽然没有了办公桌，是不是代表不用上班了？

鹿晓站在门口呆滞，忽然感觉到了身后有一点风，凉飕飕地吹过她的耳边。她骤然回头，看见一个白色的身影不知道什么时候站在了过道上，正悄无声息地停留在她身旁。

走廊上的灯只开了一半，郁清岭的眼眸在灯下泛着盈盈的光，像在暗处蹲候的猫。

"郁教授……"鹿晓往后退了一步。

她会后退只是因为生物本能，只是看见郁清岭的眼睛，她还是有些紧张。她很怀念蹲在小黑屋的郁清岭，那时候虽然他不善言辞，她却从来没有这种阴森森的感觉，就好像，被一种不同的生物种类所注视。

"1101。"郁清岭终于发出了声音。

"办……办公室换了吗……"鹿晓忽然反应了过来。既然实验阶段已经结束了，她其实应该到 1101 去工作了？

郁清岭注视着鹿晓，微微合了合眼睛。

这是在说"是"吗？鹿晓不确定，她强装镇定地绕过阴森森的郁清岭，走到 1101 的门前，轻轻推开房门。

1101 已经不是那个小黑屋了，整个办公室不算明亮，整体上的光线像是雷阵雨前的视觉感受。所有的窗户被打开，窗户上多了一层窗纱，窗纱外面是薄窗帘，随着她开门的动作，风从窗户外面穿堂而入，拂向走廊。

这下，她终于明白刚才过耳的风是从哪里来的了。

办公室里只有两张办公桌，一张靠窗背光，一张靠门面光。鹿晓在门口迟疑了几秒钟，坐到了门边的那一张旁边，低着头打开笔记本电脑。

几秒钟后，她闻见清新的消毒水气息从身边拂过，余光里看见一抹白坐到了她的对面。

必须提点什么问句缓解焦躁……

鹿晓挖空心思，强行挑话题：“窗帘……是为了保护眼睛吗？”

郁清岭坐在对面沉默，几秒之后，他缓缓道："是。"

鹿晓抓耳挠腮："在里面那么多天，您的眼睛视觉有没有损伤？"

郁清岭低道："有。"

之前百无聊赖的时候，她曾经查过相关资料，一般来说，郁清岭这样的暗室实验不仅会对视觉造成损伤，对心理也是一大摧残，这种人体实验几乎是在法律边缘了，如果他是要求志愿者做，恐怕是要付出相当大的代价——可是他的实验对象是自己。

鹿晓只好换话题方向："这几天我查的资料说，夜盲症如果是因为基因问题，好像并不能治好……"

她其实没有希望郁清岭会回答，只是想要结束这尴尬的对话。

没想到郁清岭抬起了头，他说："夜盲是因为视紫红素无法产生足量，视紫红素的最高阈值一部分决定于基因，但是每个人的基因缺陷并不会造成相等的结果。"他注视着鹿晓，"没有证据证明，这个阈值不可突破。绝对倾向与必然之间，还有空隙。"

他好像只有在提到专业知识的时候才会语句流畅，毫无社交障碍。

此时此刻，他的眼里流淌着奇异的光，就像一幅安静的黑白画被渐渐被渲染成了彩色，仿佛只有这一刻，他才是真正地活在这个世上。

鹿晓在这样的光下局促无比，低声道："这样做的希望不大吧，还伤眼睛呀。"

郁清岭道："眼睛存在的意义，是看见真理存在的可能性。"

换言之，就是如果能看到真相，就算瞎了也无所谓吧。

鹿晓无端想起商锦梨的形容，郁清岭这类人，一生唯一在意的就是科研，聪明得不像地球人，冷血得六亲不认。

"你们科学家和商人……是不是都这么冷血？"鹿晓轻声问他。

因为根本不参与这个世界的情感维系，所以他才能提出一份"恋爱实验协议"，只是为了监测身体的激素分泌与情感存在的必然联系。他跟秦寂的自闭症患者疗养中心，根本就是拿情感当作维生素在操作。

郁清岭罕见地没有回答问句。

他眼里的光泽已经熄灭，幽深的眼眸锁定鹿晓的眼睛。

他的眸色比普通人要淡，浅褐色中透出一点灰，让他更像是某种安静蛰伏的动物，而不是有血有肉的普通人。也许是那样的目光太过专注，被他盯久了，会有种毛骨悚然的感觉。

"对不起……"鹿晓在他的目光下秒怂。

然而直到午餐之前，郁清岭都没有再开口。

他这是生气了吗？

鹿晓不确定。她忐忑地用着电脑，用余光偷看对面的上司。

郁清岭正不断地在敲击着键盘，往电脑中输入数据。普通人敲击键盘一般是有节奏的，每一个词组停顿零点几秒，每一次发呆走神停顿几秒钟，每一次摸鱼停顿半小时……而郁清岭，他所有的敲击几乎是匀速的，就像机器一样，不需要思考时间，甚至不用词组间隙。

鹿晓怀疑他是不是在假装敲键盘，于是趁着上洗手间的时候路过他的身后，大咧咧地窥屏。

结果，她发现郁清岭在输入的甚至不是文字，而是往 EXCEL 内部输入一组组的实验数据。没有登记表格，没有手写记录，他似乎只是凭借着大脑内储存的信息，毫无间隙地往其中填写数字。

这该不会是他这十来天以来，在小黑屋测定完毕的所有数据吧？

鹿晓目瞪口呆地扶了扶下巴。

听说那天所有的初试者都到 1101 做了视觉暗适应实验……初试有

多少人？200？300？

他记得每一个人的实验数据吗？

鹿晓忘记了自己在偷看，呆呆站在他身后。

郁清岭正全神贯注地输入，从鹿晓的视线能看见他白皙光洁的下巴，还有瘦削的十指。他的眼睫极长，皮肤透着不健康的白，专注的时候，甚至连眨眼的次数都几乎维持在二三十秒一次。

鹿晓甚至怀疑，如果不是为了护理眼睛不得干眼症，他几乎可以不眨眼吧……

"鹿晓。"忽然，郁清岭回过了头。

鹿晓吓得连连后退，腰肢猛然撞上窗台，疼得眼泪都快流出来了。

"我只是路过！"

郁清岭仰头安静地看着鹿晓，似乎是不解。

鹿晓叹气："对不起……我不该说您冷血。"鹿晓想了想，老实道歉，"我不懂你们那些复杂的科学道理，就是觉得您和秦寂的实验项目把人类的感情量化然后人为操控，对人类和情感都不尊重。"

与其说是不认同科学，倒不如说，她是因为秦寂拒绝她的感情所以迁怒。

不论如何，她都不该站在感性的角度去指责一个科学家冷血。

"不是。"郁清岭低声道。

"什么不是？"鹿晓疑惑。

郁清岭似乎很困扰，无从和她交流。

鹿晓忽然灵光一闪，反应了过来，试探问："不是冷血？"

郁清岭微微点头。

他果然是在回答上午的问题！

所以这几个小时以来，他输入了将近十页EXCEL实验报告，导出了电脑里的所有数据，以及顺便在思考她提出的一句气话，然后告诉她，不是所有的科学家都冷血？

鹿晓觉得匪夷所思，简直是啼笑皆非。

"我还以为你在生我的气，所以不理我。"鹿晓松了一口气，小声说。

郁清岭眨了眨眼："提出问题，是科学态度，不生气。"

郁清岭此刻迎着光，灰色的眼眸澄净得像是玻璃。

他是真的没有生气。

鹿晓忽然意识到，郁清岭把她的气话当成了真心求解的问题，完全没有感知到那只是她的情绪。

难道真的就像他自己描述的那样，他也是一个自闭症患者？

午后，鹿晓在郁清岭的示意下，跟着他离开办公室，去地下车库。

"我们去哪里？"郁清岭走路的速度偏快，鹿晓踩着高跟鞋跟不上，只能跟跟跄跄地追着他的步伐。

"实验基地。"

"这里不是实验室吗？"鹿晓气喘吁吁。

"这里是，实验室。"

所以实验基地和实验室不是一个概念。

鹿晓深刻认识到自己已有的知识体系在 SGC 完全是浮云，她跟着郁清岭在地下车库内穿梭，然后停在一辆白色的 CLS 前。

郁清岭并没有立刻掏出车钥匙解锁，而是绕着车转了一圈，才坐进了驾驶座。

鹿晓已经坐在副驾驶座上，眼睁睁地看着郁清岭在座上左顾右盼，试探性开启车上的所有功能按钮。

"郁教授，您……在做什么？"

郁清岭停下动作，认真道："启动前检查。"

"要检查得这么仔细吗？"

"要。"

"也不用那么仔细吧？"音响有什么关系？

"要。"郁清岭认真道。

鹿晓大概也猜得到理论上车辆启动前应该检查车内设施，可是实际上谁会检查那么仔细？至于检查到音响系统为止吗……如果车上的是秦寂，除非方向盘不见了，否则他根本不会觉得有问题吧？

郁清岭的表情很专注，每一个动作都精准到位，仿佛在做这个世界上最重要的事情。等到终于完成一整套动作，他轻舒了一口气，踩下了油门启动车辆。

他的行为刻板而又笨拙。

鹿晓静静地看着他的动作，心中翻涌起一股难以言说的微妙感。

就在刚刚，她偷偷用搜索引擎查了记忆中的名词，亚斯伯格。它是自闭症的一个小分支。这一个分支的自闭症患者日常交流与独立生活并不成问题，相反他们的智商会以惊人的数值到达常人无法抵达的境界，但是同样也伴随一些问题，比如一些重复的刻板行为、轻微的社交障碍，以及无法掌握与理解别人的情绪。

它被称为学者综合征。

历史上很大比例的天才艺术家与学者都属于亚斯伯格患者，这样的人在科学领域，一般会成为人类之脑。

可是归根结底，他们其实还是生活在孤岛的自闭症患者。

郁清岭带鹿晓去的是一个自闭症特殊学校，曦光小学。

这是鹿晓第一次看见真正意义上的自闭症患者，正好是休息时间，许多孩子在阳光下休息玩耍，有人在沙坑里堆砌城堡，有人用小树枝在地上画着九宫格，也有人在哭闹，或者是在树下盯着小蚂蚁。

初看之下，其实并没有什么不同，比喧哗的幼儿园还更有秩序一点。只是当鹿晓从他们身旁穿行而过，没有一个孩子抬起头。

鹿晓有种错觉，自己是不是变成了一个透明人？她在孩子之间穿行，一不小心撞到了一个小女孩。

"抱歉！"鹿晓扶起那个小女孩，女孩却忽然缩成了一团，执拗地不肯抬头。

"是撞疼了吗？"鹿晓慌了，想要检查女孩的膝盖。

女孩大幅度地挣扎起来，喉咙内发出一声声尖锐变音的"啊"声。她的手臂僵硬无比，力气却奇大，用力一甩，手腕撞上了鹿晓的下巴，撞出一道红印来。

"小心——"鹿晓站不稳，更担心孩子失去平衡再摔倒。

"啊——"小女孩忽然用头撞击鹿晓的腹部，用尖锐的指甲抠住鹿晓的手腕，整张小脸都涨得通红。

"放手。"

忽然，郁清岭的声音响起。

鹿晓很少听见他这样急促的声音，她回过头看见郁清岭站在十几米开外，没有靠近。

只这一分神的工夫，小女孩已经抓破了鹿晓的手臂。她看见了红印，眼里忽然冒出惊恐，松开了手，开始用拳头砸自己的头。一下，两下，越砸越快。

天哪！鹿晓宁可她还在抓自己的手臂，她慌乱地握住小女孩的手臂阻止她自虐，回头向郁清岭求助："郁教授！"

"放开她！"

郁清岭的声音急促了起来。

放开小女孩？还是让小女孩放开手？

"可是她会伤到自己！"

"鹿晓，放手！"郁清岭的胸口剧烈起伏，却迟迟没有靠近。

鹿晓与他的目光僵持了几秒，终于下定决心松开了手。下一秒，小女孩又缩成了一团，却没有再捶打自己了。

鹿晓瞬间反应了过来，她飞快地跑出去十几步，到郁清岭身旁，再回头看小女孩——小女孩已经颤颤巍巍地抬起了头，继续用伤痕累累的手玩起了沙雕城堡。

"她……"鹿晓不知道该说什么，小女孩的威胁来源于她？

寂静的操场因为小女孩突如其来的尖叫已经闹成了一团，无数孩子在奔跑，还有人在尖叫，一直在树下观察蚂蚁的小男孩忽然哆嗦着站起身来，向前踉跄了几步。

鹿晓这一次不敢冒冒失失地去接触他了。

小男孩的皮肤白到透明，豆大的汗珠从他的鬓发间流淌下来。他急促地喘息着，忽然狠狠地砸在了地上，四肢抽搐起来——

这是连锁反应吗？

鹿晓的心脏快要跃出喉咙，她忍不住想要上前，有一个身影却比她更快。

郁清岭绕过她冲进了操场，抱起了那个孩子向前奔跑。

第三章 孤岛和鲸

Chapter 9 星星的孩子

草地上的哭声与喧闹声连成一片，郁清岭白色的身影在阳光下泛起刺眼的光华。

鹿晓来不及多考虑，只能匆忙地跟在郁清岭的身后，奔跑着穿过学校的操场。

她一路跟着他跑到一幢遥远的楼里，上到三楼，推开了最内间的门。

房间里有两个护士打扮的女生正聚在一起聊天，看见郁清岭诧异互望："郁教授？"

"于医生！"郁清岭厉声道。

内间的医生听见声响跑出来，看了一眼郁清岭手里的孩子，道："快放到病房去！"

郁清岭绕开护士，冲进了里间病房，鹿晓紧随其后跟上，眼睁睁地看着郁清岭把孩子放在了病床上，自己扶着墙剧烈喘息。

鹿晓没有多少精力观察郁清岭，她所有的注意力被病床上的孩子吸引。

孩子并没有失去意识，眼睛还留着一条缝，整个身体还在不断地抽搐着，四肢发抖，瞳孔不断地往上翻，喉咙内发出细碎的咯咯声。

这是……癫痫吗？

鹿晓之前在学校里见过这种模样，可是又不完全像。小男孩颤抖是手正抱着头颅，看起来像是被剧烈的头痛困扰着，他不断张嘴，似是想干呕又呕不出来。

"医……医生！2-丙基戊酸钠！"郁清岭喘息。

"别着急。"于医生低声安抚，"小熙只是受了刺激，并不是真的发病，只要普通的镇静剂就可以了，不需要丙基戊酸钠。"于医生的目光落在郁清岭的身上，担忧道，"倒是你，你不适合激烈的情绪变化，感觉还好吗？"

郁清岭吃力地点头。

于医生给发抖的小男孩注射了一支针剂，回过头望向鹿晓："清岭还是第一次带人来，你是SGC的员工吗？"他问鹿晓，眼里噙着诧异的光。

"是。"鹿晓点头。

知道小男孩没事后，她的注意力都在郁清岭身上。

他全身已经被汗水濡湿，乌黑的发丝贴在苍白的脸颊上，孱弱得像个病人。

虽然背着小男孩过来很吃力，可是他也喘太久了吧？

"方便的话，能不能请你握着小熙的手。"于医生盯着鹿晓道。

"握手？"鹿晓有过之前的经验，不敢轻易上前了。

于医生看她胆怯的模样，了然道："你放心，每个孩子都是不同的个体，对外界刺激的反应不一样的。你是个女孩子，相对更容易让他接受，你过来，试试看。"

于医生让开位置。

鹿晓犹豫着走到病床前，握住了男孩的小手。

他的反应和操场上的女孩恰恰相反，他的手原本一直抱着头哆嗦着，可是刚刚被她触碰到，就安静了一些。

鹿晓轻轻地用双手把他的小手包裹起来，确定他没有过激反应，她回头看于医生。

于医生赞许地点头。

鹿晓被他的反应鼓励，俯身贴近男孩，干脆把他的小身体扶了起来，让他靠在自己的怀里。

男孩闭上了眼睛，身体的颤抖竟然真的渐渐地平息了。

于医生轻声道："小熙除了有自闭，还有一定的躁郁和癫痫，目前癫痫并没有真的发病，这只是他躁郁症的假象。适当的安抚可以平稳他的情绪。"

"有那么多种病？"鹿晓感到诧异。

于医生低声叹息："心理与生理一线之隔，很少有单一症状的自闭症患者。像小熙这样能被安抚的，已经是非常优秀的孩子。"

"那……"她想问那郁清岭呢？

除了一些刻板行为，以及日常的一点点小交际障碍，他看起来跟正常人其实区别不大。

鹿晓临时住了口，因为她看见郁清岭的手正在小幅度地发颤。他靠在墙边，既没有接近病床，也没有跟任何人有交流，只是费尽力气呼吸着，努力地握着拳头。

他难道也有反应吗？

好在，郁清岭的状态过了一会儿就缓解了。

小熙在鹿晓的怀里睡着了，白嫩的小脸蛋上，长而浓密的眼睫像扇子，安静而又漂亮。

"时间差不多了。"于医生望着郁清岭，"你的实验患者应该已经在第一教室准备好了。"

"鹿晓。"郁清岭低声叫了一声，走出房门。

鹿晓轻轻放下小熙，尽量不吵醒他。路过于医生的时候，她发现于医生的眼里正绽放着异样的光芒。

鹿晓在他面前停下了脚步，投去疑惑的目光。

于医生的头发都已经白了，眼睛周围布满了密密麻麻的褶皱，浑浊的眼睛此时此刻正闪动着一点荧光。他掏出手帕擦了擦眼镜，笑出声来："他居然记得叫你。"

"怎么了？"她本来就是他的助手啊。

"亚斯伯格症虽然不用医治也能正常生活，但是他们的世界其实依旧是一座孤岛，世界与他们的联系并没有那么多。"于医生看着郁清岭离开的方向，慈爱的目光落在鹿晓身上，眼里隐隐约约已经有泪光，"孩子，你是他第一个记得要带上的人。"

学校在 H 城的市郊，秋山脚下。

鹿晓曾经无数次路过，却没有想到这里还藏着这样一座小小的特殊学校。

学校里总共有五个班级，是根据不同自闭程度区分的，从第一教室到第五教室，越往后，孩子们的自闭症状越严重。

郁清岭去的是一班。

教室门口已经聚集了一帮家长，他们的脸色看起来很焦躁，看见郁清岭，所有人都围了上来："郁教授！郁教授，您真的只打算从一班里挑选孩子吗？能不能到二班也挑一挑？"

"郁教授，我儿子他已经能分清楚家人了，您能不能给他做一个测定？"

"郁教授……"

家长们七嘴八舌，把郁清岭围得水泄不通。

郁清岭对他们的问题一一进行解答，他的脸色在人群中显得更加苍白，脊背挺得笔直，眼里已经有了惊惶的光。

鹿晓觉得自己仿佛是看到了一个失措的孩子，她努力挤进了人群，张开双手挡住激动的家长，把郁清岭护在身后。"大家静一静！"鹿晓扬声道，"大家不要着急，郁教授没有办法听清这么多问题，我是他的助理，你们可以先把问题交给我，我让郁教授慎重考虑后再给大家答复好不好？"

她把"慎重考虑"用力地一个字一个字地咬清晰。

果然，家长们的躁动渐息。

"我们也想要报名实验！"一个女人从人群中挤出来，"郁教授，多少钱都没有关系，能不能增加几个名额？"

"不可以。"郁清岭苍白着脸，坚定摇头。

女人一愣，忽然"哇"的一声哭了出来。她一哭，周围的家长也纷纷红了眼圈。

第三章 孤岛和鲸

"你先进去。"鹿晓趁着空隙对郁清岭说。这家伙根本就不会审时度势,这样火上浇油,家长们不躁乱才怪啊!

郁清岭苍白着脸,一副手脚无措的小模样。

可怜兮兮。

鹿晓小声重复:"你先进教室,然后关门,我帮你挡着。"

"鹿晓。"郁清岭的声音带了焦躁。

他是在担心她?

鹿晓觉得自己简直可以去写一本《郁清岭教授语言学解析》了。

"我没事的,我完全没有问题。"她安抚他,"你先进去,我5分钟后就进来。"

郁清岭犹豫了几秒,点了点头,乖巧地走进了教室。鹿晓趁机把门一拉,用自己的身体挡住入口,大声道:"我们的实验名额第一阶段已经确定,第二阶段还有待商议,有需求的家长可以先到我这里报名!我们会对每一个孩子进行测定!"

鹿晓红着脸扯谎。

她不擅长说谎,但是现在这个局面,要想救里面那只社交小弱鸡,只有她硬着头皮出马了!

家长们怀疑地看着鹿晓。鹿晓趁机从兜里掏出了SGC的工作卡,向家长们展示她真的是SGC的工作人员,也亏得SGC权责明晰,她的名字前面还有个前缀也印了上去:郁清岭(教授)助理。

鹿晓打开了随身的文件夹,掏出笔,一个个记录家长们的联系方式以及他们的孩子所属的班级。

她一边记录一边疑惑,本来以为拿人体做实验是一个游走在法律边缘的行为,用量化的药剂来控制人类的情感,更是一件有悖伦理的事情……可是这些家长,为什么抢着要把孩子送给郁清岭当实验品呢?

她不明白,也不理解。

本来不赞同不认可，现在更多的是疑惑。

她想象中的实验，到底跟郁清岭和秦寂做的是不是一件事情？

"我的孩子叫明熙，在二班。"之前哭闹的女家长红着眼睛道，"他的认知程度已经进步了很多！可是上个月的测定他因为癫痫发作住院错过了……我不要求郁教授招他进实验组，我只是想让郁教授看他一眼，就一眼！你帮我求求郁教授，求求他好不好？"

女家长死死抓着鹿晓的手，语气哽咽。

"小熙？"

"您见过我的孩子？"

鹿晓犹豫道："刚才他在操场上发了病，现在在医务室。"

女家长脸色一变，慌忙朝医务室方向跑去。

剩余的家长也纷纷登记了名字，渐渐散去，只有几个仍旧不死心地还在教室门口徘徊，等着郁清岭出来。他们就像一群无助的蚂蚁，聚拢在一起，每一个看起来都很坚强，但是只要其中一个红了眼，连男人也会跟着哽咽。

鹿晓不懂这种坚强的代价，她只知道自己不忍心看下去，所以推门走进教室。

教室里，郁清岭正对一班的孩子做简单的问询。

"你叫什么名字？"

"有没有喜欢的好朋友？"

"妈妈要是哭了，宝宝该怎么办？"

尽管是些简单的问题，能流利回答上来的却不多。

郁清岭就跪在孩子们面前，仰着头看着小朋友的眼睛，白色的风衣拖到了地面也丝毫没有察觉。

他的眼睛似乎还没有适应室外光，微微眯着，脸上的表情认真而又专注，周围的气场莫名的安静。

一班的孩子显然要比操场上一触即燃的更具有社会适应性，一旦被

第三章 孤岛和鲸

问询完毕，他们就迅速安静下来，每一个人都会找一个角落，抱着自己的玩具或者是发呆。

鹿晓坐到一个女孩对面，看着她把积木机械地越垒越高。最终高塔塌方，积木噼里啪啦散落一地。

女孩微微一愣，垂下眼睑，又从底座开始搭起，慢慢累积。

"要帮忙吗？"鹿晓轻声问。

女孩只是抬头看了她一眼，没有任何反应。

不断重复的刻板，无法消除的隔阂，明明近在眼前，却永远触摸不到的灵魂。

鹿晓忽然意识到，自闭症患者被称为星星的孩子，是因为他们的灵魂实在是太过遥远。

▲ Chapter10 孤岛 ▲

一个小时之后，郁清岭完成了对一号教室的孩子的测评。

鹿晓等他问询完所有的孩子，跟在他身后把手里的名单交到他手上，"这些是外面的家长，"鹿晓轻声道，"郁教授，您要不要看一看他们的信息？"她指了指最后一个，"特别是这个孩子，就是我们刚才在医务室遇见的小男孩。"

这一所学校的五个班级，每隔一段时间，都会根据孩子们的病情的实际情况和变化进行分班调动。

有的孩子在系统化的干预治疗下已经有了好转，就可以进入以融入生活为主的班级，而有的孩子则因为干预不当或者病情退化，而不得不进入以照顾为主的班级。

这是一个治疗效率与精准率很高的方法，却也是一个很残忍的阶梯制度。

鹿晓想起明熙妈妈肿得通红的眼睛，低声问郁清岭："如果可以，能不能给他补一下测试？"

郁清岭沉默。

鹿晓知道他是在思考。郁清岭的思维方式很纯粹，并没有那么多情绪化的刻意刁难。

果然，片刻之后，郁清岭轻轻地点了点头，同意了她的恳求。

鹿晓跟在他身后走向医务室，看着他耳后露出的白皙的脖颈。

忽然很想摸一摸郁清岭的耳朵，因为他看起来好柔软。

医务室里的情况要比鹿晓想象中复杂许多，明熙的身体正在不断地抽搐着，他满头大汗，整个身体横亘在地上扭曲成了奇怪的姿势，白色的泡沫从他的嘴角源源不断地吐出来。护士与于医生乱作一团，明熙妈妈正用力抱着小明熙的头。

怎么会忽然变成这个样子？

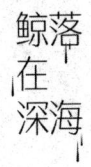

"鹿晓,你快带家长离开!"于医生看见鹿晓仿佛看见救星,厉声道。

明熙的情况看起来跟操场上的小女孩有些类似,鹿晓第一时间反应了过来,试图去掰明熙妈妈的手。然而明熙妈妈的手劲奇大,她根本就掰不动,于是她扭头向身后的郁清岭喊:"你帮帮我!"

郁清岭站在门口全身僵硬,一动也不动。

鹿晓的手腕本来就被小女孩的指甲划破,这会儿一挣扎已经出了血。

郁清岭的眼睛死死盯着鹿晓的伤口,呼吸加剧,却仍然没有动。

鹿晓手足无措,只能朝郁清岭喊:"郁教授!郁教授——你帮帮我——"她急得声音都带了哭腔。

终于,郁清岭迈出了一小步。他的胸口剧烈起伏,呼吸浓重,伸出的手微微地颤抖,似乎不知道应该放在哪里,只能用求助的目光看向鹿晓。

"你拽住她的手腕往外拖!"

郁清岭死死咬着嘴唇,终于下定决心一把握住了明熙妈妈的手腕,往外拖拽。

鹿晓在明熙妈妈耳边大声道:"你别着急!郁教授要跟你谈实验的事情,我们去隔壁谈好不好?"

明熙妈妈似乎终于有了一点反应,挣扎的力道渐渐小去。鹿晓就趁着这一股力道,一根一根掰开明熙妈妈的手指,抱着她半个身体,和郁清岭一起把明熙妈妈拖到了外面的诊疗间。

和小明熙隔离之后,明熙妈妈的情绪终于冷却下来,她开始哭泣,余光看见郁清岭,忽然一把抱住了郁清岭的腰:"郁教授、郁教授……"

能说话,能认出人,应该是恢复理智了吧?鹿晓已经脱力了,她暂时顾不了郁清岭,一个人瘫坐在地上喘气。

明熙妈妈抱着郁清岭的腰，哽咽着哭泣："郁教授我求求您帮帮我……明熙他不可以再恶化下去了，我辞了工作，付出了所有代价才让他走到今天，他不能再退回去了……"

郁清岭僵直地站在原地，他似乎是在控制自己发抖。

"他不是什么星星的孩子，他是我的孩子啊！"

明熙妈妈仍然抱着他的腰。

鹿晓喘过气来，终于发现了郁清岭的状态不对劲。他的嘴唇毫无血色，汗水滑过漆黑的鬓发，流淌到了下巴，双手已经被攥得发白身体摇摇欲坠，仿佛下一秒就要晕过去。

"明熙妈妈！"鹿晓吃力地站起身来，捡起地上的文件夹，"刚才登记的资料不全，您再登记一下。"

"资料……"

"对。"鹿晓暗暗咬了一下自己的舌头，逼自己平稳下呼吸，她尽量用温和的语气道，"选实验对象的时候，我们的调查是很详细的，小熙的资料还不齐全……"

鹿晓轻轻抓住明熙妈妈的手腕，把笔递给她："你填写一下，我们带回研究所。"趁着她走神，鹿晓抬头对郁清岭做口型：快走。

谁知，郁清岭却忽然抓住了鹿晓的手腕，剧烈喘息。

"我没事，你放心。"鹿晓轻声说。

郁清岭终于摇摇欲坠地走出医务室。

鹿晓感觉到手腕上湿湿的，良久才意识到，那是郁清岭的汗水。

鹿晓仿佛打了一场战役，瘫坐在地上。

明熙妈妈也已经冷静了下来，正在哆嗦着填写资料，一边填，一边不停地流眼泪。

好不容易填写完资料，她才推开门去内间看小明熙。

"鹿晓。"于医生轻声叫鹿晓的名字。在这一切结束之前，他已经在边上看了不短时间，看的时间越久，脸上的震惊越是无法遮挡。"鹿晓,你受过相关训练吗?"他忍不住问眼前湿漉漉的女孩。

她显然被吓得不轻,体力也透支了,却仍然做得很好。

这让他既惊喜,又有点忧虑。

"没有。"鹿晓喘息。

"那你是如何判断安抚下这位家长的方法?"

"就……哄着啊,像哄小孩子一样。"鹿晓抓耳挠腮,她其实有些小内疚,SGC到底有几批实验名额她其实都不知道,只是当时的情况,她力气不如明熙妈妈,郁清岭又是一个不能打不能扛的小废物,除了哄着,她好像也没别的办法了。

于医生被她的形容逗笑了:"别坐地上了,凉。"

鹿晓连忙站起身,她还心有余悸,偷偷看了一眼内间,才小声问于医生:"明熙妈妈她怎么……"她刚才躁乱的样子来得快去得也快,看起来却无论如何不像常人的反应。

于医生道:"刚才她来找小熙,让他反复练习一些问题,想为测定做准备。小熙病发过所以反应迟缓,她就急得上火了,诱发了小熙的癫痫。"

"她是不是也……"

于医生叹息:"你可能没有听过,一个自闭症孩子,可以逼疯一家人。每个人的心理承受能力是有限的,她只是有一点躁郁症倾向,不严重,已经很坚强了。"

鹿晓不知道该说什么。

短短的几个小时里,她的心情抑郁得好像在深海游了几个小时泳。

"于医生,请问,您知道郁教授的情感培养实验究竟是什么吗?"鹿晓有些难以启齿,"我其实入职没多久……"

于医生道:"自闭症患者很难建立跟他人的社会和情感联系,包括自己的亲人。他们就像落水的人,如果不抛给他们绳子,他们将会沉没到海底。然而就算给了他们绳子,他们也将终生无法上岸。"

"清岭做的实验,是想通过控制身体激素的方法,尝试让自闭症患者至少建立起对自己亲人的情感联系,方便让他们更加容易地接到那根绳子。对于患者的家长来说,如果能获得一丁点儿情感回馈,可能会换回更多坚持的力量。"

于医生沉默片刻,轻道:"自闭症患者被称为星星的孩子,其实所谓星星不过是社会强加的诗意的美化。事实上星星是每一个自闭症家庭终其一生却无法摆脱的敌人。"

真相竟然是这样。

鹿晓终于明白明熙妈妈哭喊"他不是星星的孩子"是什么意思。她费尽心血,不过是在和所谓的星星争夺一丁点可怜的所有权。如此坚强,而又如此无望。

鹿晓无端地想起郁清岭。

如果亚斯伯格是成功逃离了星星掌控的孩子,那他的灵魂又安放在哪里呢?

鹿晓在学校的天台找到了郁清岭。

他的情况要比她想象中好太多,既没有像患者一样浑身抽搐,也没有像明熙妈妈一样失去理智,他只是站在天台的边缘,抬眼望着远处的群山,仿佛是一个站在岸边的人望向无尽的海洋。

鹿晓在楼道口停下了脚步,故意发出了一点声音。

然而郁清岭似乎没有听见。

鹿晓不敢直接到他的身后,她站在十几步开外,小声喊了一声:"郁教授。"

郁清岭的身体终于有了一点反应,他转过身望向鹿晓。

风吹乱了他的头发,白色的工作服翻飞。

他的肢体仍然有些不协调,脸上尚带着几分疑惑,偏灰的眼眸中带着一丝雾气,氤氲不清,仿佛不明白为什么会听见声音。

那一瞬间,鹿晓真的觉得自己看见了于医生口中的海洋,它就在

第三章 孤岛和鲸

郁清岭的身后，带着汹涌的波涛，能够吞噬掉一个人所有的意识与情感。而郁清岭正站在海洋的边缘，只要再往后退一步，水就要浸透他的身体。

难怪……总是感觉他湿漉漉的，不仅仅是眼睛。

"郁教授。"鹿晓小声坚定地叫了一声，"您能听见我的声音吗？"她真的不确定。

郁清岭迟疑了片刻，微微点头。

鹿晓缓缓地靠近他，走到他身边时，试探性地触碰他的衣角。

郁清岭明显地抖了抖，却没有后退。

鹿晓不知道自己在做什么，只是看着他独自站在那里的模样，很想很想向他抛一根绳索，于是她顺势抓住了他的袖子，顺着袖子一点点抚向他的手腕，双手握住。

郁清岭的手臂僵硬，呼吸忽然乱了几分。

"鹿晓。"他低声叫她的名字，却久久没有下文。

他总是这样叫她的名字，每一次都是意有所指，却都只是用简单的两个字来传达。这样的高难度沟通，真的很让人为难啊……

鹿晓学着之前安抚明熙的方式，尽量把手上的温度传给他："你只叫名字，我很难知道你想说什么啊。"她叹口气，不着痕迹地把他拉回来一点，至少远离天台，"你想说什么，慢慢说，我不着急。"

郁清岭不像她刚才接触的那些孩子，他的身体是柔软的，没有那种笨拙的僵硬。

他乖顺地跟着鹿晓走了几步，又回过头看天台方向。

"那里有护栏，跳下去，不会死。"他说，"而且，我不想跳。"

"人多吵闹，被触碰，我就需要冷静。"湿漉漉的眼睛，闪着被误会的委屈光芒，"不是，抑郁想死。"

可我害怕啊！

鹿晓心想，你就这样站在那里，一副就要沉没的表情，让人怎么能安心?

"鹿晓,我是亚斯伯格,不需要治疗。"郁清岭拉过鹿晓的手,似乎克制了一下情绪,才把她的手缓缓放到自己的胸口,"心脏能跳动多久,我就活多久,有限的时间,想全部用来了解这个世界,救那些沉没的人。"

他灰色的眼眸里雾气未散,却没有落下泪来。

鹿晓感触到手掌心传来的稳稳的心跳,明明已经成功憋了一天的眼泪,忽然汹涌而出。

第三章 孤岛和鲸

▲ Chapter11 小可怜 ▲

哭泣的后果,是回家之后彻夜难眠。

半夜三更,鹿晓把商锦梨的红酒挖了出来,给自己倒了满满一杯。

商锦梨摇摇晃晃地从次卧出来,看见鹿晓如同看见了鬼:"你在做什么?泡不上秦寂也不用一醉解千愁吧?"

"嗝……"鹿晓回复商锦梨。

商锦梨朝天翻了个白眼,回房间抱了一床被子放到沙发上,拖着鹿晓钻进了温暖的被窝:"我做顾问的价格可是五万一小时,免费友情送你半小时,怎么了?"

"我的八卦价格也很贵的,不打算便宜你。"鹿晓昏昏沉沉,慢吞吞地顶嘴。

商锦梨抢过了杯子,顺便捏了一把鹿晓的脸:"怪不得平常不喝酒,酒量差还酒品烂。"

"没喝醉。"鹿晓小声说,"要是喝醉了,我现在应该打电话给秦寂,边哭边吵着要给他做女朋友。"

"你可真有出息。"

"是啊,别看我,一直很软包子……"鹿晓摇摇晃晃,"其实我可不择手段了……我为了……让秦寂知道我已经不是小孩子了,为了名正言顺地成为秦寂的工作伙伴,我还厚着脸皮进 SGC 了……简直……无法无天……"

商锦梨托住鹿晓的下巴。

"只要进了 SGC,我就可以想方设法去自闭症项目实验组,进了项目组,我就可以以 SGC 工作人员身份,外派去协科……嗝……我给自己的预算是两年,没想到,一进去就……开挂了……"

商锦梨叹粗气。

"简直了吧?"鹿晓问商锦梨。

商锦梨点头："简直蠢了。"

"太顺利了啊……运气太好怎么办？"鹿晓抱着痛得发胀的头，摇摇欲坠地看商锦梨，"你看我随便捡个小可怜，都能养成一朵超级贵的白骨精……还会做饭，超划算……"

"滚回你的房间睡觉去。"商锦梨面无表情地拽走被子，关上了房门。

没有了酒，也没有了被子，鹿晓不一会儿就冻得哆嗦。

要是真醉了就好啊。她昏昏沉沉地想，真醉了，就不用一闭上眼睛就看见天台上的郁清岭，然后在梦里把居心不良的自己嫌弃得想要毁尸灭迹。

翌日，鹿晓顶着宿醉的头疼回到办公室。

1101灰色的窗帘已经被撤除了，明媚的阳光洒在办公室内，几盆绿萝在窗台上鲜嫩欲滴。可偏偏办公室的主人不在自己的座位上，连电脑都没有开机。

难道郁清岭他睡过头了？

鹿晓不太确定，她在自己的座位上发了一小会儿呆，终于按捺不住去敲1102的门。

然而门内毫无回应。

"郁教授，您在里面吗？"鹿晓的手触碰到扶手，犹豫着要不要转动它。

她知道，这是一种非常无礼的行为，实验期已经过了，1102现在只是郁清岭的私人房间。可是……郁清岭他不是普通人。

鹿晓很不安。会不会他在受过昨天的刺激后，一时间调节不过来呢？

"郁教授，我进来了哦……"鹿晓打了一声招呼，同时转动门把手，畅通无阻地打开了房门。

1102内空无一人，明亮的房间里没有丝毫生活的痕迹。

呃,原来是出门了啊。

鹿晓终于确定是自己虚惊一场,她在房间里转了一圈,看见床头柜上放着一盒曲奇饼干,想到郁清岭吃这种甜腻的饼干的模样,她莫名地觉得有点……萌。

"鹿晓?你怎么在这里?"门口忽然响起一个男声。

鹿晓做贼心虚,吓出一身冷汗:"我……我是来找郁教授……"

一身常服的黎千树站在门口,眨着一双桃花眼,看见鹿晓慌张的样子,他低头笑了起来:"他在家里,我正要替他送笔记本电脑过去,你要不要一起去?"

"家?"他的家不是这里吗?

黎千树笑得前俯后仰:"他虽然是个把实验室当家的工作狂,不过还是有自己的房子啊,还不止一处,根据他的强迫症季节来选择住处。"

"怎么样?想去看看那个怪胎的家吗?"黎千树微笑,"你要是忽然上门,他一定会吓一跳。"

黎千树看起来和郁清岭是私交,一路熟门熟路,带着鹿晓进入城区繁华地带的一处公寓楼。

鹿晓好奇地看着来来往往的人流,诧异郁清岭居然会选择这样的热闹商区。她还以为他会选择在深山里买个别墅保证自己一年也见不到几个人上门呢。

门铃响过三声,郁清岭出现在门口。他面无表情地看着黎千树。几秒钟后,他的目光挪到了鹿晓身上,定神。

不请自来的鹿晓,脸红低头。

郁清岭闷不作声地转身朝内走去,瘦削的肩膀微微僵硬。

"他这个意思是欢迎你。"黎千树轻声笑语,"上次善芳来,被他直接关在了门外。"

所以黎千树他根本就没有考虑过这种尴尬的情况,还是说根本就不怕她尴尬啊？

鹿晓用余光瞥见黎千树明媚的笑眼，深深地觉得这个师兄的性格其实比他的脸要恶劣多了。

郁清岭的家位于市区最繁华的商区，是一个极简装修的 LOFT 小楼。

鹿晓坐在客厅的沙发上偷看郁清岭。明明没有在 SGC，这个家伙居然还是穿着日常的工作服，白色长风衣的确勾勒得他的背影潇洒得很，可他都没有常服的吗？

郁清岭安静地坐在对面，静静地盯着鹿晓。

鹿晓朝他笑了笑，不以为意。

最初的时候，被这样盯着其实会感到怪异，现在她知道这只是他专注的一种状态，就完全不会觉得尴尬了。更何况他的目光剔透恬淡，如同清泉流水，一点攻击性都没有。

黎千树左看右看，冷笑："喂，收敛点。"

郁清岭终于回头看黎千树，缓缓张口："笔记本电脑。"

"带了带了。"黎千树把手里的包递给他，"你难得请个假，干吗要这么拼命？"

郁清岭不再理会他，他利落地打开笔记本电脑放到膝盖上开始办公。他一旦进入工作状态，就全然不顾周围的目光了，笔记本电脑的荧光投射在他的眼睛里，像是人工智能的机器人。

鹿晓堂而皇之地偷窥郁清岭，她忽然发现其实郁清岭还是有变化的。

他的头发剪短了，少了一点柔软，多了一点朝气。

看起来没有之前软乎。

"看片吗？"寂静中，黎千树忽然开口。

"啊？"

黎千树利落地去翻客厅的影碟机："他收集了很多传统影碟，反正无聊，挑一个？"

"可是郁教授他在……工作啊……"

黎千树挑眉:"你信不信,我们就算放到最大音量,放多过分的内容,他都不会抬头。"

黎千树脱了工作服为什么会变得如此禽兽?

事实证明,郁清岭真的丝毫不会被外界所打扰。

影碟机里放着早年一部港式搞笑片,黎千树和鹿晓两个人各自坐在沙发的一端笑得前俯后仰,郁清岭坐在他们俩的中间面无表情,指尖飞快地在键盘上敲击。

这真是一个神奇又实用的特异功能啊。鹿晓不禁赞叹。

黎千树的手绕过郁清岭,拍了拍鹿晓肩膀,眸光闪闪:"这才是看搞笑片的正常反应啊!"

"什么意思?"鹿晓好奇地问。

黎千树泪目:"你知道吗?老郁可以专注地从头看到尾都不笑,只有我一个人满地打滚像个傻瓜!"

鹿晓觉得自己好几天来的抑郁正在慢慢消融,特别是一面是黎千树的花式耍宝,一面是郁清岭安静清澈的侧脸。

不知不觉片子已经开始播放片尾主题曲,她的肚子也开始"咕咕"叫起来。

几乎是同时,郁清岭合上了笔记本电脑,恍恍然从自己的世界中抽身出来,然后他看见了满地的零食残骸。

茫然,可怜,又茫然。

鹿晓的罪恶感顿时涌上心头:"郁教授您饿吗?我刚才在路上……买了一点食材,喀……"

事实上,是听从黎千树建议去超市扫荡了一堆零食和新鲜火锅材料,现在的局面跟预想中有略微不同,不过还是可以弥补的!

"吃火锅吗?"鹿晓问郁清岭。

郁清岭缓缓摇头。

"他不吃火锅。"黎千树跳过零食堆,一把抓起购物袋往厨房走,"走,我们去准备,给他水煮青菜就可以了。"

鹿晓窘着脸洗青菜。

黎千树把食材装成小碟,强迫症似的一摞一摞把它们规整好,一边忙活一边哼着歌。

鹿晓回头望一眼客厅里的小可怜,脑海中灵光一闪:"黎师兄,您是不是故意来给郁教授添麻烦的?"

今天的黎千树跟她记忆中的完全不一样,他欢脱得实在有些超出正常人范围了。她能想到的唯一理由,是他在故意吵闹郁清岭,不让他沉浸于自己的世界里。

黎千树停下了哼唱,微微一笑,眼里闪过温柔的光:"于医生说他受了刺激,我来观察观察。"

果然是这样!

黎千树真是一个很温柔的人啊。

鹿晓终于松了一口气,洗干净最后一根菜:"那真给他水煮青菜吗?"

"当然。"黎千树打哈欠。

结果,那一天的午餐,真的是黎千树与鹿晓相对吃火锅,郁清岭缩在沙发的角落里,捧着一小碗水煮菜慢慢挑。

那碗菜是鹿晓昧着良心准备的,里面有三枚花菜、四枚小胡萝卜、五片娃娃菜叶子,还有从黎千树的手里抢来的几颗贡丸和烤肠,那是仅有的肉类了。

可是这样真的吃得饱吗?酒池肉林的鹿晓良心不安,回头看郁清岭。

小可怜郁清岭正用筷子一点一点挑着花菜吃。他的动作极慢,倏地,他的筷尖挑到了什么,脸上的表情微微一变,抬起了头。

鹿晓好奇地探过了身子,发现他夹着一块小烤肠。

第四章 遇见与存在

"你不吃烤肠吗？"鹿晓担心问。

郁清岭摇摇头，缓缓道："这样的，没有在超市看见过。"

他的筷子夹起了红色的烤肠，眼里闪过一丝迷惑。

"噗！"黎千树刚好看见了，嘴巴里的一口饮料就喷在了地板上，"啊哈，啊哈哈哈——鹿晓，你真是……哈哈，我的天啊，哈哈哈！"

鹿晓听着黎千树的笑声，感觉全身的血液都涌到了脸上。

"我只是怕他吃得太单调……"

郁清岭的私人餐太清汤寡水了，只有小烤肠是里面唯一的艳色。她刚才煮的时候空虚寂寞冷，就把几枚烤肠切成了小章鱼的形状，结果没想到变成嘲讽的焦点了……

"啊哈哈哈……鹿晓，你真当他是宝宝吗？你真是太可爱了，啊哈哈——"

黎千树笑得前俯后仰。

郁清岭显然理解不到笑点，于是将疑惑的目光转向鹿晓。

鹿晓窘迫得面红耳赤。

"可以吃的。"她小声道，"只是多切了几刀，就是你平常吃的烤肠。"

郁清岭终于接收到了有效信息，于是放心地把章鱼小烤肠放入口中，细细咀嚼。

鹿晓趁机捂了一把自己的脸，快速降温。

也不知道是不是报应，黎千树的电话忽然响了起来，他上气不接下气地接起电话，结果声音越来越低落："哦……好的好的，立刻吗？好吧，我马上就到。"

"怎么了？"鹿晓问。

"我要回 SGC，加班。"黎千树垂头丧气地站起身来，不着痕迹地朝鹿晓勾了勾手。

鹿晓会意上前。

黎千树已经提起了随身的包走到门口,压低了声音道:"你在这里陪着他,至少要满八个小时。"他担忧地看了一眼郁清岭,"根据以往的经验,多陪伴能够缓解他受刺激之后的焦虑。尽量不要让他一个人工作,多和他说说话,欺负一下也可以。"

　　"好。"鹿晓点头。

　　"他不排斥你,很罕见。"黎千树勾勾嘴角,"你试试看,欺负起来很萌的。"

　　鹿晓决定收回对他温柔的评价。这个丧尽天良的禽兽!

第四章　遇见与存在

Chapter12 《星际迷航》

鹿晓的反应向来慢半拍，等到再回到郁清岭身边时才意识到，黎千树一走，整个公寓就只剩下了她跟郁清岭。房间里火锅的气味还没有完全散去，空气中仍蒸腾着一些热气，郁清岭的侧脸在这些热气的后面，模糊而又静谧。

鹿晓回到沙发边，俯下身收拾火锅。其实也没什么大不了的……不过是跟自己的上司，有些工作之余的生活接触，再正常不过了，充其量只是这个上司要比其他人更加安静一点，这是优点，不是吗？

影碟机里又一部搞笑片播放到结局，片尾停留在屏幕上。

郁清岭专注地看着搞笑片，果然像黎千树说的那样，从头到尾他连嘴角都没有勾一下，正经的眼神仿佛是在观察实验对象。

怪不得黎千树提起这个状态满脸崩溃……鹿晓也快崩溃了，她一个人笑得前俯后仰，看起来就像一个傻瓜。

鹿晓清了清嗓子，问郁清岭："郁教授，您不继续工作吗？"

郁清岭回过头，目光澄净："已经结束。"

"那……您有想看的片子吗？"鹿晓觉得自己半年内都不想再看到任何搞笑片。

她本来没有抱多大希望，不料郁清岭听见她的声音，眼睛忽然快速眨动了几下，眼底流淌过一点光亮。也不知道是不是她的错觉，她好像依稀看到了郁清岭的嘴角微微勾了勾，下一秒他站了起来，走到了影碟机的收纳箱边上开始翻找。

还真有喜欢的？

鹿晓一时间无法想象，他明明看起来对这个世界和所有人类都没有一点儿兴趣，竟然会有正常人的庸俗爱好吗？

作为新时代的青年，鹿晓已经不会操作那种老式影碟机了，只能呆呆地看着郁清岭找到自己的目标，随后跪坐在影碟机前，快速切出目前的片子,然后塞了一片新的碟片进去。操作之流利,简直是行云流水。

电视屏幕上闪过一行英文字：lost in Space。

《星际迷航》？

鹿晓忍不住勾起了嘴角，这倒的确像是郁清岭会看的内容。

电视屏幕上开始跳动画面，看得出这部片源已经很陈旧了，画面带着年代感。片子是英文原版的，鹿晓的英文日常沟通勉强够用，但是看科幻片还是远远不够的，里面的专业术语实在是太多了，她频频走神，发现看片不如看人。

郁清岭的头发剪短了，露出更多的白皙皮肤。

眼睫长而浓密，微微垂下时整个世界变得很安静。

全身心投入的时候，手指乖乖地放在膝盖上，一点多余的动作都没有。

传说亚斯伯格症候群患者，智力远远超乎常人，而心智情商却只能保持在正常年龄的 2/3，郁清岭他……多大了？鹿晓好奇地猜想，他看起来不到 30 岁，按照 2/3 来估算的话，现在的他的灵魂很可能还不到 20 岁？

所以，他其实是十几岁的少年啊。

鹿晓感觉被自己的脑补逗得笑出声来，郁清岭转过了头，望向鹿晓，目光中带着疑惑。

"咔，有点没看懂。"鹿晓随口一扯，总不能说她一直没兴趣看吧？

"哪里？"郁清岭想了想，问。

哪里没看懂吗？这可难倒鹿晓了，她看了一下进度："Data 少校，是机器人？"

郁清岭道："不是，是生化人。"

"那不就是机器人的意思吗？"

郁清岭皱起了眉头，似乎是在思考。然后，他缓缓道："机器人，只是机器，不是人。《星际迷航》，提出了一个观点，在人工智能已经发展成自我意识的前提下,把电脑放入人体大脑,让它具有自主思考和行为能力,叫生化人。"

"哦,原来是这样……"鹿晓心虚地表示了然。

郁清岭却显然并不想结束这个话题,他按下暂停键,认真道:"Data少校的大脑是正电子构成,目前医学已经能用正电子为人体器官成像,但仍然无法逾越科技的鸿沟,所以,阿西莫夫博士的反物质构想只能说是一个非常好的医疗科研方向。"

"懂了吗?"郁清岭低声问,"我可以,再解释。"

"完全懂了!"鹿晓抢过了遥控器,强行开启播放进程。

"真的,懂了?保证?"

郁清岭岿然不动,眼里仍然闪动着想解释的欲望。

"坐好!"鹿晓咬牙,"我们换一部片子看!"

她不顾郁清岭的反对,从碟片堆里找了一部爱情片,胡乱塞进去按播放键。回头时,撞见郁清岭无辜的眼神。

"你紧张过度,我们应该看点放松心情的。"鹿晓违心地解释。

可惜这是一部放松过头的爱情片,一开始,男女主角就在阳台疯狂地亲吻,鹿晓眼看着苗头不对,直接冲到影碟机前,切回之前的搞笑片,尴尬地回头。

郁清岭正坐在沙发上,睁着蒙眬的眼睛,看着她手忙脚乱地处理完这尴尬局面。

"那部特别好看,不如我们重温一下。"鹿晓正色道。

"口腔中有很多菌群。"郁清岭低声道,"表皮葡萄球菌,奈瑟氏菌,乳杆菌,螺旋体,假丝酵母……理论上如果是不同生活环境和习惯的人进行唾液交换,十秒钟之内会有八千万个细菌的交换。"

郁清岭的眼神清澈如水。

鹿晓在他的眼里看见了自己世俗肮脏无耻的灵魂。

"行了,不用解释了。"鹿晓面无表情,"专心看剧。"

郁清岭低垂目光，看见鹿晓坚决的表情，没有反抗。

鹿晓不再搭理他，专心看剧，余光扫到身旁安静的郁清岭，嗯……看起来表情有点小委屈。

黎千树说得对。

确实还……很萌的。

鹿晓回到自己的住处时，天已经黑了。

和郁清岭相处的时光，要比想象中容易，八个小时转瞬即逝。不知道是不是错觉，她觉得郁清岭好像并不介意她再多待一会儿，她走出他的公寓时，他就在门口目送她进电梯，安静得像是一只猫。

鹿晓回到家里，难得心情愉悦，于是打开电脑登录了游戏。她最近很沉溺于一款养成类游戏，游戏背景是动物园，主人翁会在开局的时候得到一颗蛋，把蛋孵化之后就能得到一只初始的小动物。操作不当时小动物会死，操作合当时小动物会逐渐长大，交朋友、配对伴侣、孕育新生命，玩家通过连连看道具收集道具，给它们提供食物，扩建动物园。

商锦梨形容这游戏是"蠢得匪夷所思，竟然还有傻瓜充值"。

鹿晓就是那个充值的傻瓜，她在"我家有个动物园"的号已经快升到80级了。

鹿晓刚刚喂养完整个动物园的动物，手机响了起来，打电话过来的是商锦梨。

"恭喜你啊。"电话那端，商锦梨的声音听起来优哉得很。

"恭喜什么？"鹿晓茫然不解。

商锦梨道："郁清岭已经把实验患儿名单交给了SGC上层，今天下午SGC上层正式与协科接洽，协科方提出等项目启动之后，希望有SGC方能够派出一个人专门用于协科、自闭症学校、SGC三方沟通，并且常驻协科。"

鹿晓一愣，没有开口。

这是她早就预料到的事情，并不意外，只是……

商锦梨的声音顿了顿，道："你离愿望又近了一步，怎么我没有听见你的欢呼？不高兴？"

"高兴啊。"鹿晓轻声道。

她是真的高兴，从拜托商锦梨递交推荐书的那一刻起，她就在等这一天。可是这一切都顺利得有些不可思议，她都已经做好了十万八千里取经的准备，结果佛祖给开了一道任意门？

主要是，太突然。

"项目会在年后启动，如果你想做这个外派人员，记得自己主动去争取。"

"好。"

鹿晓挂了电话，才发现她给孔雀喂了猕猴的饲料。

孔雀吃了5分钟，系统提示它已经得了肠炎，消化不良，血条差点清空，成长值也退了一大截。

自闭症诊疗中心项目很快就正式启动。

协科与SGC的中高层在H市的世嘉酒店包了最大的会议厅，当着中外媒体的面剪彩。秦寂与SGC的副院长女士一手握住红绸一端，两剪刀下去，写着"曦光诊疗研究中心"的金属匾额出现在镜头下。

鹿晓觉得这场面有些雷人，黎千树不知道什么时候挤到了鹿晓身后，笑道："超级雷的，有没有？"

有。鹿晓目不忍视，不知道的还以为是大酒楼开业。

黎千树笑道："越是这种胜率看天意的研究，人们越希望有仪式感，人心都是很脆弱的。"

是啊，人本脆弱。鹿晓望向现场，落座的很多是自闭症患者的亲人带着患者，他们并不是媒体，却怀着希望不远千里来到这里，只是为了见证这一个仪式。也许肉长的人心有足够的韧性，但是其实大家都并不强壮。

剪裁合影完毕是记者招待会。

秦寂在空闲的时候堵住了鹿晓，递给她一张晚宴的邀请卡。

他笑道："我猜 SGC 可能忘记邀请鹿老师了，我们协科补上。"

说话间，已经有不少好奇的目光望向鹿晓，人群中有人窸窸窣窣地谈论鹿晓的身份，一个穿着 SGC 助理工作服的小姑娘，怎么会和秦寂搭上了话？莫不是来体验民情的资本小公主吧？

鹿晓悄悄退了小半步。

她当然没有邀请卡，不过不是 SGC 忘记邀请了，是她一个试用工小助理根本就没资格参与晚宴好吗？秦寂这是看热闹不嫌事儿大，典型的恶劣找碴儿。

鹿晓接过邀请卡，左顾右盼找不到郁清岭，于是堂而皇之地早退。

郁清岭根本就没有出席剪彩，鹿晓找到他的时候，他正在世嘉的休息室里接待曦光小学的实验组。

这里没有灯光，也没有喧哗，更没有摄像机，只有曦光小学的班主任和于医生两个人，带着五个孩子坐在椅子上，轻声轻语地和郁清岭商量着实验的相关规则与安排。

说是孩子其实不尽然，五个自闭症患者年龄不一，两个女孩，三个男孩，最小的是个四五岁的小女孩，最大的看起来已经十几岁。郁清岭正蹲在地上与那个四五岁的孩子说着话，柔软的头发就贴在他的耳边，画面美好得像是一幅画。

鹿晓不忍心打搅这一幕画面，于是轻手轻脚靠近。谁知那个十几岁的孩子忽然转了头，锐利的目光扫过鹿晓，防备地挡在了小女孩前面。

这个也是自闭症患者？还是小女孩的保镖？

鹿晓蒙了，她被他盯得毛骨悚然，感觉下一秒他就要冲上来把她大卸八块。

"小河，放松。"于医生站起身来，安抚性地拍了拍他的肩膀，"这位是鹿晓，是郁教授的助理，不会伤害小星的。"

叫小河的男生一动不动，目光渐渐缓和，冷漠地收回视线。

"于医生……"

"他叫小河,最小的叫小星。"于医生笑道,"小河是亚斯伯格症候群患者,其余四个是普通自闭症,黑白、唐宋、天倾,小河他不放心其他人,正好清岭的实验也需要实验比对,所以就把他加入了实验组。"

"比对?"

"是,全球亚斯伯格研究都证明,亚斯伯格症候群患者是可以与人产生联系的,虽然比较艰难,但是他们在特殊的情况下可以遇到特殊的人,并且允许对方进入参与自己的生活,甚至拥有婚姻和家庭、孩子。"于医生道,"但普通自闭症患者几乎做不到。所以,清岭需要对比小河和其他人的激素反应区别,用以鉴别不同。"

"怎样的人算特殊?"

"出现时就不一样的人吧。"

于医生的目光中隐隐闪动着泪光。

鹿晓没有发现异样,她的注意力都在郁清岭的身上。

他的眉眼温顺,身体和小星贴得很近,可是鹿晓知道,他的灵魂其实并不在这里。

她难以想象,有一天会有一个灵魂走进他的眼里,参与他的生活,分享他的情绪,明白他所有未出口的思维,比任何人都要贴近他。她想象不出来,那时候的他还会是现在这个样子吗?

▲ Chapter13 保护者 ▲

秦寂不是做慈善的,他是做生意的。

晚宴的场地就在世嘉富丽堂皇的大厅,除了医疗科研界、慈善界和商界的相干人员,还有不少眼熟的明星穿插其中,星光璀璨,高朋满堂,吸引了更多闪光灯与目光,确保明天的头版头条一定会是他协科的新企划。

鹿晓在人群中焦急地找寻郁清岭的身影。果然,他被围在角落里,被迫回答围观人群的问题。当然,提问的不是记者,而是趁着晚宴来玩耍的秦寂的狐朋狗友们,以及一些无聊的娱乐圈中人。

郁清岭其实不是今晚的主角,大概是因为卖相奇佳,于是成了女生圈里的主角。

"原来科学家也有这么年轻的,我还以为都是课本上的爱因斯坦呢,生下来就是秃头的。"

"爱因斯坦也年轻过的好吗?"

"郁教授,您真的没有女朋友吗?"当红玉女陶可笑靥如花,"要不要考虑来当我 MV 男主角呀?"

郁清岭已经局促得脊背都僵硬了,脸色在灯光的辉映下显得更加苍白,明明已经浑身是汗,却仍然硬扛着在回答女生们的嬉笑疑问。

鹿晓呆望了一秒,强烈地感觉到一棵小白菜正在被狂蜂浪蝶围攻,这画面简直是可怕。她穿过层层的人群,钻到了郁清岭和女生们中间,把他拦在身后,朝着一干花枝招展的女声干笑道:"各位,秦寂在那边挑舞伴,你们要不要去看看他今晚的口味?"

女生们面面相觑,很快有人认出鹿晓。

"鹿晓?我们只是和郁教授聊聊天,你着什么急?咦,你这什么鬼打扮?"

鹿晓低头看了一眼自己的衣裳,她今天是临时被邀请,所以还来不及换衣服，只好穿着 SGC 的白色工作服。不过这样正好，她昂首挺胸地把工牌翻了出来：“那是，我着急得名正言顺。”

郁清岭（教授）助理：鹿晓。

陶可眯眼定睛，心服口服地竖起大拇指：“你赢了。”

鹿晓从来没有觉得这块牌子如此亲切过，因为它可以让她理直气壮地站在郁清岭的身前，挡住那些狂蜂浪蝶，告诉她们这棵白菜是有栅栏的！栅栏就是她，名正言顺的正牌助理！

她拽住郁清岭的手腕，拖着他穿越衣香鬓影，找到一个自助酒类吧台。

这儿女生少一点，省得他再被惦记。

"没事吧？"鹿晓抬头问白菜。

郁清岭苍白着脸点头。

鹿晓给他倒了一杯酒，想了想又搁下了，换了一杯果汁："要不要喝一点，冷静一下？"

郁清岭低声道："需要《星际迷航》。"

鹿晓面无表情地把杯子塞到他的手里："喝。"

远处人群不断地发出欢呼，很显然是秦寂又新加了节目。鹿晓踮着脚望去，看见陶可在人群里朝她招手，像是有什么要给她展示——鹿晓回头看了一眼郁清岭，道："郁教授，我过去下，你在这里等我好不好？"

郁清岭点头。

自从三年前那场不欢而散的篝火晚会，鹿晓真的已经很多年没有见过秦寂的狐朋狗友们。

"看吧，没骗你们吧，鹿晓真的去找了个科学研究院的工作。"陶可扯过鹿晓的工牌向众人展示，一副看大熊猫的口吻。

"真的哎……"质疑者凑近看那块工牌，"SGC 生化技术研究中心，不过鹿晓，你不是文科生吗？"

"你竟然没有去秦寂公司？"

"这么多年都不出来玩，不够意思啊你。"

一堆问题，焦点其实还是秦寂，很明显大家都没有忘记当年那一场尴尬。这一帮浪荡子弟都是人精，什么该提什么不该提其实自有分寸，关怀与骚扰一线之隔，他们向来把握得很好。

远处，秦寂搂着新女伴路过，看见鹿晓被围在中间，得意地朝她挑了挑眉毛。

果然他就是故意的。

鹿晓咬牙切齿地想，故意把邀请卡给她，故意让她被当成熊猫围观，对她硬是不肯进他公司挟私报复。

"哎哟，秦寂！过来！"人群中有人高喊。

秦寂一副勉为其难的样子，搂着新女伴走到人群中间，朝着狐朋狗友们勾勾嘴角："怎么，有事吗？没事各玩各的去，今天这场子里多是文化人，你们这群乌合之众，还是少出声，低调些好。"

狐朋狗友们面面相觑，互翻白眼。

鹿晓没憋住，低笑出声。秦寂说得还真没错，今天的场合其实不伦不类，简单的商业互吹之后，科学家们与科学家们聚成团，明星们与霸道总裁们相互换着名片，记者们伺机而动，还剩下他们这一群赶热闹场子的，正在舞池边上喧哗。

鹿晓被陶可拉着看她手机里新拍的广告，一个接着一个，时间不知不觉地流走。

等到她终于回过神来的时候，发现整个大厅里科学家们已经相继离场，撑场面的人走了，剩下的就是年轻人的地盘。场内的灯光陡然一变，音乐随即改变，年轻人欢呼着涌入舞池，整个场子瞬间变成了嗨翻天的派对。

鹿晓一瞬间有些走神。

郁清岭，应该跟着 SGC 的人一起走了吧？

"你怎么了？"陶可在鹿晓的耳边喊。

"没什么。"

鹿晓只是觉得心慌,她静不下心来看陶可的广告照,也听不进去她在耳边说的八卦,游离的目光在昏暗的室内不断搜索,却什么都看不清。

刚才那个吧台在哪个方向?

灯光实在是太乱了,鹿晓已经完全没有了方向感。

郁清岭……应该走了吧?他应该不会傻乎乎地等在原地吧?

"鹿晓?"

"我还有事,我先走了!"

鹿晓被一阵激烈的鼓点激得一个哆嗦,再也忍不住心慌冲进了舞池。

舞池里音乐喧嚣吵闹,变化的灯光直射眼睛。鹿晓顺着会场四周慢慢行走,终于看到了那一张熟悉的吧台。

慌乱的心跳激烈地跃动了几下——

没有。

郁清岭没有留在原地。他已经跟着 SGC 其他员工一起离开了,只是没有跟她打招呼。

鹿晓气喘吁吁地从口袋里摸出手机,按亮屏幕,不确定此时此刻仍然回荡在她身体里的是灰心抑或是安心——真是的,走了也应该发个短信让人放心啊……

鹿晓长长地喘出一口气,心有余悸地往回走。

舞池里的音乐正到高潮,灯光忽然亮了几秒钟。

鹿晓忽然全身僵硬,不可置信地回过头。就在刚才,灯光亮起来的那一秒里,她看见地上似乎有一片白色的衣角,就在吧台的背后。

不可能。

不会吧?

"郁教授!"

鹿晓又折回了吧台边,小心地用手机照亮吧台背后。

还好,那只是一片被扯下来的桌布,并不是她想象中的已经被人群吓到瘫软的郁清岭。鹿晓觉得自己身体里的细胞都死过了好几遍，正想转身离开，忽然感觉到身后有人拍她的肩膀。

"郁教授？"

"我有轻微的晕眩，是因为噪音。"过了好久，郁清岭缓缓说道，"鹿晓，我们可以离开了吗？"

微光下，郁清岭低垂着头颅，鬓边的头发濡湿，看起来有些狼狈。

"好，我马上带你离开。"鹿晓恨不得穿越回一个小时前，然后掐死自己！

鹿晓依稀记得，大厅的侧面有一个扶梯，扶梯直通向世嘉的空中花园。郁清岭需要尽快到安静的地方，于是她搀扶着郁清岭，沿着扶梯缓缓往上走，推开楼道口的玻璃门。

外面的凉风吹拂得她直哆嗦，她扭头看了一眼郁清岭，发现他的脸色已经恢复了一点点。

感谢世嘉隔音出色的门。

外头的花园被绿植做的墙分割成一个个独立的小区域，鹿晓带着郁清岭走到最远离会场的边沿，把他安顿在椅子上，顺手摸了摸他的额头，松一口气。

还好，冷汗止住了。然后要做什么？

鹿晓只记得黎千树说的不要让他一个人沉寂，于是她朝着郁清岭挤出一抹笑："郁教授，您给我讲一讲生化人吧，我想知道他们的血管里流动的是什么。不是机油吧？"

郁清岭抬起湿漉漉的眼睛，张了张口，没有出声。

鹿晓才发现，他的嘴唇已经完全没有血色了。

"您要不要紧？"鹿晓看得红了眼眶，"对不起，对不起，郁教授，我真是个浑蛋！"

她是一个不合格的助理，明明知道郁清岭不适合在这种场合待着，她还丢下他独自面对。

"我……没事。"郁清岭低声道,"坐下,只是为了看不见人群,会好一点。"

"郁教授……"

"不要紧的,我有正常的生活能力,不需要额外照顾。"

鹿晓松开郁清岭,呆呆地看着他。

"不过,被照顾,我很开心。"郁清岭缓缓抬起头,望着鹿晓的眼睛,"这样的方式,是不是能够表达我的心情?"

夜色下,郁清岭苍白的脸上竟然缓缓绽放开一抹笑颜。

这是鹿晓第一次看到他的笑容,就像冲破雾气的光,仿佛直接触碰到了她的灵魂。

她呆愣了好久,抹了抹眼泪,哭着笑了:"还不够表达……"刚才差点吓死她了,这种情况至少要拥抱才可以安抚恐惧。她还来不及说完,就听见身后传来一阵窸窸窣窣的声响。

鹿晓和郁清岭齐齐回头,看见一男一女两个身影从玻璃门后钻了出来,在月光下紧紧相拥。

鹿晓认得出男的是秦寂,女的大概是他的新任女伴,他们的身体挨得很近,头抵着头,正在私语些什么。

鹿晓本来以为自己的情绪会更激烈一点,也许是因为刚才实在是被吓到了,此时此刻,看见秦寂和别的女人打得火热,她竟然只是有一点点异样的感觉。

没有想象中浓烈,也没有想象中绝望。

只有一丁点儿微不足道的涩然。

秦寂他,还真是永无空档期啊……

鹿晓回头看了一眼皱着眉头的郁清岭,瞬间回忆起他八千万个细菌交换论,居然还有点想发笑。

"你是不是在想八千万个细菌?"鹿晓小声问郁清岭。

郁清岭缓缓摇头。

他低声道:"鹿晓,伸出食指和中指。"

鹿晓一头雾水,在郁清岭的目光下比出个"胜利"的手势。

郁清岭眨了眨眼,把她分开的食指和中指合并到一起,然后自己也伸出并拢的食指和中指,和她的两指轻轻触碰,形成一个小小的十字。

这是"不"的意思吗?

"表达完了。"郁清岭小声说。

"噗!"真是奇怪的表达。

鹿晓这下是真的彻底把激情的秦寂抛之脑后了,她拉着郁清岭的手腕,带他悄悄地离开空中花园,把安静的夜晚留给秦寂和他的女伴。

"走吧,我送你回家。"

第四章　遇见与存在

▲ Chapter14 曙光计划 ▲

发布会过后，曦光计划正式开始，每周的周一、周三，于医生与曦光小学的负责老师就会带着五人组到SGC的专用教室里进行适应性的实验。

SGC特地为曦光计划的五人实验组开辟了一间专属的教室，就在与郁清岭同层的B座11楼电梯口。

鹿晓的日常工作是帮郁清岭观测每一个孩子在适应新环境的过程中的行为与变化，性质上更像是幼儿园老师，只是……比普通幼儿园老师要受挫一点点。

"大家好，我叫鹿晓。"

第一天，鹿晓轻声地向孩子们介绍自己，谁也没有抬起头。鹿晓对着资料册比对每一个孩子：

最小的是5岁的女孩子，叫小星，正趴在沙发上，翻看着一本彩图册子；

其次是12岁的男孩唐宋，他正举着油性笔，对着房间里雪白的墙壁蠢蠢欲动；

第三个是14岁的少年，叫黑白，手里拿着平板电脑，沉迷于游戏；

第四个是16岁的天倾，漂亮的女孩子，她看起来是最乖巧的一个，穿着日系的服装，安静地坐在房间一角，如同一个漂亮的洋娃娃；

第五个……第五个最不友好，是那个叫小河的亚斯伯格，他坐在窗台上，如同一头巡视着自己领地的狮子，从鹿晓进入房间的第一秒开始，锐利的目光就直直地盯着鹿晓，仿佛是狮子看见了猎物。

这局面……可比幼儿园要复杂多了……

唯一的好处是没有吵闹。每一个孩子都有自己感兴趣的事情，既没有语言肢体上的交流，又没有目光交流，彼此如同空气，和平共处，互不干扰。

于医生说:"他们并没有恶意,只是很难跟外界建立联系。"

"我知道。"鹿晓低声道,"我会跟他们好好相处的。"

于医生从包里掏出了一个喷雾,在实验房间的玩具和窗帘上喷了几下。

鹿晓好奇地问:"这是什么?"

于医生笑道:"是清岭这一次的实验制剂,能让人放松神经,产生类似'自信'和克服'羞涩'的作用。"

这就是郁清岭说的人体激素辅助疗法吧?

鹿晓好奇地看着于医生在房间里各处喷洒,实在是好奇,它真的会起作用吗?

"交给你了。"于医生喷洒完药剂就离开了房间。

这个房间里就只剩下了鹿晓和五个拿她当空气的自闭症患者。鹿晓左看右看,决定从看起来最容易的小星开始,于是轻手轻脚地走到沙发边,坐到了她身旁的地面上。

"在看什么?"鹿晓小声问。

小星没有抬头,甚至连眼皮都没有抬一下。

鹿晓早有心理准备,自力更生地扫了一眼她的绘图本。

那是一本海洋生物百科全书,书页上画着各式各样的鱼类,小星的手指笨拙地摸索着那些鱼,仿佛能从书页上摸到那些生物凹凸不平的纹理。

"这是什么鱼?"鹿晓想了想,小心地拿指尖触碰她视线范围内的生物。在被接纳之前,她和郁清岭也有过一段回答问句强迫症时光,不知道对普通自闭症患者有没有用。

小星抬起眼睛,顺着鹿晓的指尖移动了视线。

"小丑鱼。"小星糯糯回答。

成功了!

第五章 深海孤独

鲸落在深海

鹿晓兴奋得呼吸凌乱，不敢表现出太多激动，怕吓到眼前的小兔子。

"那这个是什么呢？"鹿晓悄悄去掉了"鱼"这个名词。

"珊瑚鱼。"小星回答。

"小星最喜欢哪个？"鹿晓再一次变化问题。

"海豚。"小星想了想，缓缓回答。

不愧是一班的孩子，他们的干预治疗做得非常好，如果能引起他们的兴趣，日常对话几乎没有问题。

鹿晓在自己的监察手册上记录下小星的初次接触概况：①能够熟练回答绘本内容。②在去掉名词前提下，能够补充完整内容。③能够回答相对虚指的问题。

她刚刚记录完毕，手机忽然响起了一声"叮咚"。

是她的"我家有个动物园"的提醒，之前收养的水族馆动物需要喂养了。鹿晓随手点开页面，给几个新生的动物喂养第一次食物：分别是两只小海龟、一只螃蟹，还有两条花里胡哨的鱼。

在游戏中随意点击几下，小动物的头顶冒出吃饱的标记。

鹿晓重新抬起头，发现小星抬起了头，注意力显然被她的游戏吸引了。

"这是什么？"鹿晓试探性地问。

"印度尼西亚燕鱼。"她指着其中一条小鱼道，目光移动到另一条鱼，小小的眉头皱起来，似乎不能确定，又不想放弃，于是她伸出手，轻轻碰了碰手机。

她有兴趣？

这是好现象。鹿晓把手机递给小星，趁着她抬起头，她指着自己说："鹿晓。"

自闭症孩子对"你我他"人称代词的认知有些障碍，与其让她知道眼前的"我"是鹿晓，不如直接让她接受"这个人是鹿晓"。

"小……鹿。"小星歪头。

"小星。"鹿晓笑着指小星,几秒后重新指向自己,"鹿晓。"

"小鹿!"小星叫得更利落了,"小鹿!"

"好吧,小鹿就小鹿。"鹿晓笑起来,摸了摸小星的头。

只要能进入他们的认知范围,不论是鹿晓还是小鹿,都没有关系。

小星的眼眸漆黑纯净,让鹿晓想起郁清岭的眼睛。郁清岭一遍遍叫"鹿晓"的时候,到底是在想什么呢?

有了小星这个顺利的开端,鹿晓对接下来的相处有了信心。

她在房间里扫了一眼,惊恐地发现唐宋拿着油性笔对墙壁下手了,他趴在门边的墙壁上,画出了一道又黑又粗的线,正在不断地把那一块黑涂抹加深。

"唐宋!"鹿晓匆忙叫他的名字。

唐宋对自己的名字有反应,他停下来,朝声音的方向转头。

鹿晓笑着接近他:"这个房间里有很多素描本,我们不要在墙上画好不好?"

"要画!"唐宋道。

能沟通?鹿晓在记录本上记录几笔,干脆把素描本撕了,找了胶带,一页一页贴在墙上:"那我们这样好不好?"

在隔壁的房间,监控是一直运作的。

郁清岭、于医生、黎千树,三个人一起盯着监控镜头,每个人的脸色各异。

"真是个很聪明的孩子。"于医生微笑道,"她没有学过心理学,也不是特殊教育专业毕业,却本能地根据观感调节应对方式,确实非常适合做这次研究的实施者。"

郁清岭不作声,他专注时整个世界都与他没有关系。

他只是看着鹿晓。

跟小朋友相处时的鹿晓和往日有些不同,少了一点战战兢兢,跪

第五章 深海孤独

在地上跟小朋友沟通的时候眼里有温柔的光,带给人非常舒适的感觉。这种感觉要比跟他相处的时候还要强烈,是因为对象是没有压迫力的孩子?

郁清岭微微皱起了眉头,有点……不高兴。

不过对实验是好事,所以只能不高兴。

"很温柔。"黎千树盯了半晌道,"不是字面上的温柔,她这个人看起来似乎完全没有攻击性。"

"对。"于医生低声道,"科研界一直有一种非主流的说法,自闭症的孩子对世界其实并非没感觉,而是感觉太大,就像人类的耳朵没有办法捕捉到超声波,世界就像一种巨大的声音,超过了自闭症患者的接受范围,使他们没有办法感知和回应。"

"鹿晓有一种很温和的气场。"黎千树笑了,"也许我们的世界,管这个叫内敛和没存在感的小玻璃心。"

"这就要问清岭了,当年鹿晓打动你的是什么?"

于医生含笑问郁清岭。

这才是他的主要目的,在和乐融融的氛围里,降低郁清岭的焦虑,把关键性问题问出口。

郁清岭没有听见,他所有的注意力都在鹿晓的身上。他的目光追随着鹿晓,就像向阳的植物在清晨注视着阳光,眼里噙着安静温润的光。

于医生与黎千树交换了一个眼神,退出监控室。

黎千树道:"最近他改变了很多,几次受到刺激几乎没有受影响。"

于医生道:"相较于普通自闭症患者,亚斯伯格是很幸运的。以前医疗诊断不发达的年代,亚斯伯格患者只是被定义为性格内敛,某种程度上说,清岭其实是个正常人。"

"有时候我挺羡慕他。"黎千树望向监控室,笑了,"能找到心之所往，是很多人终其一生都未必能有的体验。"

"清岭他……"

于医生还没说话，忽然监控室的门开了。

"清岭？"

郁清岭完全没有听见他们的声音，他向前冲去！

鹿晓完全没有想过自闭症的孩子们之间也会发生争吵，甚至发生激烈冲突。

当时她正专心地看着唐宋画画。唐宋只用一支简单的油性笔，每一笔都坚定不移地在纸上绘画，不一会儿，形神俱备的小星却出现在画纸上。

"好厉害！"鹿晓真心赞叹。

虽然早就听说自闭症孩子会在某方面有特殊的才艺，可是真的见到那种完全不打腹稿提笔就画，每一笔都精准无比的绘画技巧，她还是看呆了。

唐宋几乎不用抬头看，就把整个房间里的所有事物都展现在了画纸上。沙发上晃腿的小星、跪在小星身边微笑的鹿晓、办公桌旁玩平板电脑的黑白，还有……坐在墙角一动不动的一个陌生男孩。

"唐宋，这是谁？"鹿晓好奇地问。在同一个位置坐着的应该是漂亮的天倾啊，怎么是一个陌生的男孩子？

"天倾。"唐宋缓慢道。

"啊？"鹿晓瞠目结舌。

在她反应过来之前，只见一个身影冲到了墙壁前，忽一伸手，把画纸撕扯了下来！

"啊——"唐宋尖叫起来，扔下笔，用身体去保卫那些画。

鹿晓第一时间抱住了天倾的身体，却没有能阻拦天倾，她被天倾拖拽着摔倒在地上，然后眼睁睁看着天倾和唐宋迅速殴打滚成了一团。

"天倾！停下！"鹿晓连忙去拉架，却发现自己根本撼动不了天倾的手臂。天倾的力气太大了，非常大，大得简直不像是女孩子。鹿晓被她一个胳膊肘击中，整个眼眶痛得直冒金星。

"小河！小河——帮帮我——"鹿晓没有办法，只能叫最年长的孩子。小河是亚斯伯格，他跟郁清岭一样具有正常的生活能力，这种情况下他应该知道怎么做吧？

然而，小河只是坐在窗台上，冷眼看着房间里的一切。

"小河！帮帮唐宋！"鹿晓在慌乱中换了一个称谓。

果然，小河在听见帮的是唐宋而不是鹿晓的时候，迅速从窗台上跳了下来，抡起拳头，一拳砸在了天倾的脸上！

天倾本来就穿着复杂的裙子行动不便，被打中后整个身体都踉跄着，狼狈地撞在了桌角上。

"天倾！"鹿晓连忙去扶，却只摸到了天倾柔软的头发——掉下来了……

假发？

短发的天倾红着眼睛，抬起头凶狠地盯着墙上的画。

"不是我！"天倾朝着画吼，声音沙哑。

那是……少年变声期的声音？

鹿晓终于明白过来，惊讶地咬住了自己的嘴唇，防止自己惊讶的声音冒犯到天倾。

天倾……竟然是个男孩子。

画上的天倾是一个十六七岁的少年，纤细苍白，明眸皓齿。

鹿晓看着短发的天倾，唐宋把每一个人的特征表现得很好，唯独天倾不是很像，她原本以为是唐宋画错了，现在看起来他画的应该是卸妆后的天倾。

"不是我！不是我！"天倾被小河压在身下，剧烈地挣扎着。

小河眯眼看着他的举动，再看看唐宋，冷道："撕掉，否则揍你。"

唐宋本来眼神执拗，撞上小河凶狠的眼神，他眼圈一红，委委屈屈地去撕墙壁上的纸。

"不要动，否则我烧了你所有衣服。"小河威胁天倾。

天倾也不动了，委委屈屈地抽泣。

小河松开对天倾的束缚，缓步到鹿晓身前，居高临下地看着鹿晓："收起你的好奇心，你要是敢做什么，我就把你从楼上扔下去，说到做到。"

鹿晓觉得这个世界好玄幻。

她竟然被一个自闭症患者威胁了？

她没有机会回应小河，因为下一秒，房间的门被打开，郁清岭阴沉着脸进入了房间，忽然一把把她横抱了起来。

第五章　深海孤独

▲ Chapter15 害羞 ▲

鹿晓就在这莫名其妙的变故中,被郁清岭抱着走出了房间。

"郁……郁教授……"鹿晓整个人被荒谬的感觉笼罩着,她在郁清岭的怀里浑身僵硬,抬起头就可以看到郁清岭瘦削的下巴、浓密的眼睫,还有紧绷成一条线的唇——他在生气?

鹿晓怀疑自己的判断。她从入职到现在还没有看到过郁清岭明显的情绪波动,他就像一个机器人,除了偶尔被欺负的时候露出小鹿斑比的眼神之外,还从来没表现出如此明显的喜怒哀乐过。可是……

"郁教授,您放我下来,我……"

"你受伤了。"郁清岭道。

"可我的脚没受伤啊。"

"眼角破损很可能会导致视网膜发炎,不要以为只是轻伤!"郁清岭的声音严厉起来,语调冰凉。

鹿晓不敢动了,她看见郁清岭的鬓角又出汗了,不过应该是热的,因为她能感觉到他炙热的呼吸就扫在她的额头上。早知道昨天晚上就少吃点了……

鹿晓就在挣扎之中,被郁清岭抱进了电梯,抵达十楼。十楼不是郁清岭的办公范围,其余穿着白色工作服戴着口罩的工作人员来来往往,每一个人看见郁清岭抱着鹿晓路过,眼睛都直了——

鹿晓虽然看不到他们的下半张脸,但是可以想象他们的表情一定是极其惊讶的。

鹿晓羞耻得把头埋进了郁清岭的胸口。

因为眼眶肿了所以不得不公主抱……这解释谁会当真?啊啊啊!

经过一路的目光凌迟,郁清岭抱着鹿晓终于来到了十楼最深处的房间。他推开房门,轻轻地把怀里的鹿晓放到了床上,转身去拉上窗帘。

鹿晓扫视周围,发现这里看起来是一个医疗间。房间被布置得像医院的病房,墙角的透明柜子里陈列着各式各样的瓶瓶罐罐药剂,房间还连着一个内间,透明的玻璃墙后面赫然是一个……核磁共振仪?

"郁教授?"鹿晓心慌地看着郁清岭的动作。

因为这房间的陈设简直有点像解剖室。

郁清岭没有搭理鹿晓,他专心地在柜子里翻找,最后拿着一个小小的盘子来到床边,冷着脸坐下了。

在生气?

鹿晓不敢动,眼睁睁地看着郁清岭掏出了一瓶液体,用海绵蘸取瓶子里的液体,再用夹子夹到她受伤的眼眶附近涂抹。冰凉的感觉传来,紧接着是刺痛,鹿晓痛得蜷缩起了身体,眼泪一瞬间决堤。

郁清岭的手不动,呼吸微微急促。

但动作轻柔了不少。

鹿晓想坐起来:"郁教授,天倾和唐宋他们……"

"楼上的情况于医生会去看护好,你不要动。"

"对不起,是我观察不仔细,才让他们打了起来。"

郁清岭摇头,认真道:"是因为我整理的名单没有写明性别,不是你的错,你应该担心的是自己的伤会不会发炎。"

文档是郁清岭那天在家里编写的,上面的确写了所有人的详细信息,包括他们的特长和性格趋向,却唯独没有写性别。她本来以为是因为性别显而易见,现在看来,其实是对天倾的尊重。

郁清岭他,其实很温柔。

鹿晓放松了身体,静静看着郁清岭专心致志的眼神,无奈眼泪太多,不断往下流淌。

郁清岭的手微微僵硬。

鹿晓小声解释:"这个是生理性的眼泪,药水熏出来的,不是你把我弄疼了,没关系的……"她不确定郁清岭是不是会知道两者的区别,不过鉴于他在情感理解方面比较笨拙,她还是郑重补充。

第五章 深海孤独

郁清岭眼睑微垂，忽然俯下身贴近鹿晓，仔细地为她的眼角贴上胶带。

一瞬间，清新的味道扑面而来。

鹿晓怀疑自己听见了郁清岭的心跳声，混杂在他轻微的呼吸声中，让她的心跳漏了几拍。

几分钟后，黎千树与于医生各自押着唐宋和天倾到医务室，那时候鹿晓已经上药完毕，眼睛因为哭过红肿不堪，场面有点小尴尬。

黎千树一瞬间呆滞："伤得这么重？"怪不得刚才郁清岭冲出去了……

鹿晓连忙摇头："不是不是，是因为太阳穴附近有点破了，只是包得比较夸张。"其实眼睛根本就没有大碍，不过郁清岭似乎有点紧张过头了，干脆把她包成了独眼龙。

天倾与唐宋就在医务室，两个人大概后来又打过，所以各自挂彩，鼻青脸肿。

"快给他们上药吧！"鹿晓想爬下病床，却被郁清岭按住，不由得急了，"郁教授，我真的没事，您快给天倾和唐宋上药吧。"

郁清岭勉为其难地松手，目光依旧凉飕飕的。

鹿晓在他的目光下感觉脸又发烫起来。她趁着唐宋上床的时候，钻出了医务室，关上房门才舒了一口气。

门口，小河倚墙而立，低着头，整张脸被埋在了刘海下。

"小河。"鹿晓轻轻打招呼。

小河抬起头，锐利的目光扫到鹿晓身上，最后停留在她眼睛的纱布上。他从鼻腔里挤出一声冷哼："愚蠢。"

鹿晓按捺下脾气，轻缓道："我走后，是不是他们又打起来了？你身上有没有伤？"

小河今年十七岁，天倾十六岁，唐宋十二岁，其实真打起来的话，小河一对二不一定能占到便宜，刚才他之所以能得逞，更多的是因为天倾毫无防备……

他的嘴角果然有一点点红肿，手指关节也破了一点皮。

大概是注意到了她的目光，下一秒小河就把自己的手指关节藏了起来，僵硬地别开视线："哼。"

他真的是亚斯伯格吗？自闭症下面，是不是还有一个分支叫熊孩子科？

不论如何，小河还是颠覆了她对亚斯伯格症候群的刻板印象。她一直以为，郁清岭的语言经常会断断续续，表达能力受限是因为病症，可是小河身上好像没有这个问题，他威胁起人来一套一套的，别提有多流畅了。

"小河。"鹿晓想起了还没有完成的测评，于是不着痕迹地下套提问，"你知道你为什么会来这里吗？"

"看着他们。"小河冷声道。

"除了看着他们呢？"鹿晓笑了，果然亚斯伯格要比普通自闭症开放许多。

"看着你们。"小河道，"你不用拐弯抹角来问我问题，我不管你们到底想要做什么研究，我警告你们，别把他们当作小白鼠，去做你们自以为正常的事情。"

他的语言表达能力，简直甩郁清岭一条街。

鹿晓在他身上感觉不到任何的病态或者怪异，可是他的身体检查报告确实显示他是亚斯伯格症患者……鹿晓想起了郁清岭，如果说他能做到这样，那么郁清岭应该也可以？

"小河，我不拐弯抹角。"鹿晓轻道，"你能不能告诉我，为什么你的语言能力是流畅的？"

小河眯起眼睛，似乎是想从鹿晓的脸上判断出她有几分真心。

随即他的脸上闪过受挫的表情，恼怒，且不自然。

他闭上眼睛，冷道："亚斯伯格症候群根本就没有语言障碍，这本来就是事实。"

"啊？没有任何语言障碍？"

"当然没有。"

那郁清岭那跟孩子一样笨拙的构句法到底是怎么回事？

跟亚斯伯格完全没关系？

唐宋和天倾上药完毕，郁清岭和于医生带着他们回实验房间，留下黎千树整理一室的凌乱。

鹿晓没有跟上郁清岭的步伐，趁着他离开，偷偷摸进了医务室。

"黎师兄。"鹿晓磨蹭着开口。

"嗯？怎么了？"黎千树刚刚把包扎完毕的废料收纳进袋子里，听见鹿晓的声音，他回过头，眉眼温和。

鹿晓不知道从哪里开口，站在原地抓耳挠腮。

"你是想问老郁的事情吧？"

"亚斯伯格，语言能力会有缺陷吗？"鹿晓问了问。

黎千树的脸上闪过疑惑，道："我是学心理专业的，在我的专业范围内，亚斯伯格的语言体系是正常的。甚至因为他们不受其他环境因素影响，很大程度上亚斯伯格患者的语言表达能力还比普通人厉害。"

"啊？"鹿晓呆滞，那郁清岭怎么回事？

"怎么了？"黎千树笑了，"如果是关于老郁的，我跟他初中时就是同学，你有什么疑问都可以和我交流。"他眨了眨眼，"恋爱问题也可以。"

鹿晓深深地觉得，初次见面那个送了她一朵栀子花的黎千树应该只是记忆美化的幻觉。她想了想，还是老实交代："郁教授好像语言能力有些弱，讲话的时候，经常是断续的句子组合。"

如果说这不是亚斯伯格症状的话，是不是意味着可以得到改善呢？

他日常说话也能像演讲的时候那样思路清晰，语言流畅，表达完善？

黎千树听完鹿晓没头没脑的陈述，良久才缓缓道："可是，老郁他根本没有语言障碍。"

"啊？"

"他虽然沉默寡言，但是如果需要表达的时候，是完全没有语言障碍的。"黎千树翻白眼，"你没见过他跟我吵架吧？绝大多数的时候，我会被他碾压。"

"啊？"

"他跟你讲话不是很利索？"

"对。"鹿晓回忆郁清岭的种种表现，"回答有点慢，有时候还断断续续的。"

鹿晓越说声音越小。

怎么，难道这个语言障碍还是针对她本人的？

她给郁清岭造成压力了吗？

黎千树眯眼看着鹿晓，思索了片刻，忽然"扑哧"一声笑了出来。他这一笑就一发不可收拾，抱着肚子笑了一会儿还按捺不住，最后滚到了病床上。

黎千树笑够了，勉强支撑起身体："以我的专业，我想到唯一的可能性是，他作为一个清心寡欲了29年的高岭一枝花，不是很适应荷尔蒙的影响，但是又过分严于律己，坚决不做傻乎乎的结巴，所以在你面前选择慎重开口。"

"什么意思？"鹿晓一头雾水。

"他纯粹是因为害羞了。"

不……可……能……吧？

鹿晓感觉自己一路踩着浮云回到了实验房间。仔细想来，刚才受伤之后发生在医务室的对话，郁清岭好像确实是流畅的，不仅流畅，还默默吓唬她伤口会恶化，逻辑和语言简直都是满分。

难道真的像黎千树所说，他纯粹是因为害羞了……因为害羞了……害羞了？

可他到底为什么要害羞啊？

实验房间里，郁清岭捡起了她的记录本子，对剩下的孩子进行简单问询，并且罕见地正在用笔记录问询到的信息。阳光照射在他的脸上，把半边头发染成了金黄色，白色的长风衣拖到了地上，温柔得一塌糊涂。

鹿晓被感染了害羞，脸上有点发烫，于是她没有到他身边，兜兜转转一圈，最后走到了天倾身前。

天倾依旧回到了他的角落，低着头不发一语。他的裙子已经凌乱不堪，袖子也被扯下了一截，漂亮的蕾丝被撕扯成了几个拧巴的布条，狼狈地缠绕在原处。

"我帮你修好它，好不好？"鹿晓小声问天倾。

天倾缓缓抬头，露出通红的眼睛。

鹿晓从来没有见过那样一双眼睛，漆黑得仿佛是宇宙星空，孤独得像是最深的海洋。

曦光计划第一天，以鹿晓筋疲力尽而告终。

鹿晓趁着午后，去附近的商场为天倾买了两套衣裳，天倾今年十四岁，爱化妆，喜欢穿角色扮演的小裙子，在挑选衣裳的时候比较微妙，于是她干脆选了一件女士的休闲裙装和一件男士的粉色卫衣，这两件虽然款式分男女，不过风格都是偏中性的。

午餐时间过后，鹿晓把两件衣裳捧到天倾面前时，这个白净瘦小的男生终于抬起了眼睛。

"喜欢哪一件都可以哦。"鹿晓在他身边轻声道，"然后把你身上的衣裳脱下来，我去修补好不好？"

鹿晓把衣裳在他面前摊平，方便让他看到衣服完整的模样。

天倾的目光落在衣服上，干裂的嘴唇张了张，发出一点喘息，漆黑如深海的眼里依旧没有任何光泽。片刻之后，他的指尖微微动了动，轻触左边那件女士休闲裙装。然后，他的眼眸更加晦涩了，似乎惶恐于自己的选择，整个身体蜷缩了起来。

鹿晓把男士的卫衣收了起来,把女士裙子塞到他的怀里,低声道:"我也喜欢这件,你的眼光很棒。"

天倾好似没有听见。

鹿晓柔声道:"我带你去隔壁换衣服好不好?这里人多。"

天倾终于迟缓地抬起了头,扶着墙一点点站起来。

天倾的行为一直很笨拙,鹿晓很难想象刚才他是怎么忽然一下子和唐宋扭打成一团的。她带着天倾到了郁清岭房间的洗浴间里,然后轻轻合上门,自己摸去了郁清岭的床头,做贼似的掀开曲奇饼干盒看了一眼。

呃,又少了几块。

每天都在吃啊……

天倾从洗浴间出来时,撞见的就是坐在沙发上的鹿晓露出老姨母笑的画面。他已经穿上了连衣裙,身体僵直,脸上带着一丝惊惶的表情,看见鹿晓的表情更不敢靠近了。

鹿晓看见天倾的模样眼前一亮,真心赞叹:"好漂亮!"

在今天之前,她还没有见过男孩子穿女装,原本以为会很奇怪,其实却不是。天倾还是个少年,皮肤白皙,骨架纤细,脸上还依稀残留着化妆的痕迹,穿上了连衣裙像一个刚刚长成的年轻女孩,不仅不怪异,反而有一种异样的清新天成。

天倾垂下眼睑,盯着手里捧着的破衣裳没有开口。

鹿晓接过了他的衣裳,笑道:"我会给你修好的,下次来的时候就还给你,好不好?"

天倾咬着嘴唇,始终没有开口。

第五章 深海孤独

Chapter16 太难

要进入自闭症孩子的世界范围,其实远比想象中要困难。

鹿晓再一次见到孩子们已经是四天后,周五的早晨。她在实验房间里早早等候,新进来的孩子却没有一个搭理她的。她朝着小星挥手,小星的视线却远远地跳过了她,又径直趴到了沙发上,看她的绘图本。其他的孩子也照旧,黑白玩平板电脑,唐宋画画,天倾蹲在角落里,小河冷漠地坐在窗台上,看着一脸茫然的鹿晓冷笑。

"他们……"鹿晓不知道发生了什么事,只能问于医生。

"他们不记得你。"于医生叹息道,"你必须强化几十遍、上百遍,你才能进入他们的世界里,然而他们忘记你花不了多久,所以要对他们多一些耐心。"

鹿晓感到失落。

其实这也无关耐心,人与人之间相处,不论是爱也好,恨也好,如果连基本的痕迹都很难保持,那样的沮丧恐怕越是亲近的人越难以承受吧?

"小星,要玩游戏吗?"鹿晓打起精神,把手机递给小星。她记得周一的时候小星玩她的"我家有个动物园"玩得很开心,记忆没有了,爱好应该没什么变化吧?

果然,小星的眼睛亮了,胆怯地接过手机,然后流利地操作了起来。

她记得操作?

鹿晓仔细观察小星,发现她果然全程操作没有障碍,顿时心里涌过一丝异样的感觉。自闭症患者的认知障碍并不是源于记忆障碍,是不是只要输入的方法得当,就能培养起他们的连续记忆甚至获得情感回馈呢?

等到周一再一次来临,她尝试着为小星新开了一个存档,小星比较喜欢鱼类,于是她干脆把动物园设置成了海洋馆,让小星去抚养那些海洋生物。

一周复一周，小星永远只记得她的小丑鱼海洋馆，不记得鹿晓。

就这样，鹿晓无望地等待。

鹿晓的邮箱里接到了一封 SGC 新员工的群发邮件。邮件内容为：**协科与 SGC 合作的曦光项目需要一个驻协科运营，凡 SGC 入职不满两年的助理均可报名参加，一周内发送自己的履历到协科 HR 邮箱，具体人员将由协科方择出。**

那一天，鹿晓呆望着电脑屏幕，久久不能回神。

也许是因为期盼太久的事情终于降临，反倒……让人有些猝不及防了。

午后，鹿晓陪同着郁清岭去秋山医院取血检报告。每一个参与实验的孩子每周都要对身体内的激素分泌进行记录，每隔两个月则进行一次脑部 CT 检查，用以判别实验的操作是否对孩子的身体产生影响。为了确保实验的科学性，秋山医院作为第三方，为孩子提供详细的身体检查。

郁清岭在内间与医生谈话，鹿晓就在走廊外面发呆。

她的脑袋放空，余光中看见一个护士在频频回头，不由得好奇地回望了过去。没想到护士磨磨蹭蹭地走到了她的面前，踟蹰道："你是……小鹿吗？"

鹿晓只觉得护士的眼睛有些眼熟，不过小鹿这个称呼却把她的记忆带回了很久很久以前。她仔细搜寻着记忆，试探性问道："楚……靓姐姐？"

护士兴奋地摘了口罩："哎呀，还真是小鹿！你这个小没良心的，刚刚是不是没有认出来？"

真的是楚靓？

鹿晓不可置信地望着护士的笑脸，感觉这个世界很玄幻。十几年前，她被刚刚拿到驾照的秦寂坑得在盘山公路上撞了电线杆，全身多处骨折，就是在这家秋山医院里住了半年,才终于保住了小命。楚靓当年是刚刚实习的护士,被院长先生安排专门来照顾她足足半年。

这个世界真是太小了,没想到这样都能撞见。

"走走走,好久不见,我们找地方说说话。"楚靓不由分说,拉着鹿晓到了餐厅。

鹿晓看着满桌的食物,试探性地夹了一筷子放进口中,生无可恋。

楚靓看鹿晓吃瘪,笑得欢腾:"这么多年还没冲淡你的噩梦啊?"

"这么多年也没变口味啊……"鹿晓小声吐槽。

她实在已经吃够了秋山医院的员工餐了,当年秦家爷爷的观点是,好补不如健康,住院期间她所有的餐点都是医生护士的统一配餐,医护人员的员工餐营养归营养,实在是难吃。

楚靓笑得前俯后仰,忽然话锋一转:"哎,我说,你怎么又进医院了?"

鹿晓摇头:"不是不是,我是陪着我上司来拿检查报告的。"

楚靓松一口气道:"还好还好,我可不想在这里再看见你。"楚靓笑道:"不过话说回来,世界真是很小,我上个月还看见了你的救命恩人。"

"救命恩人?"

"是啊,当初送你来医院的那个人啊。"

"不是急救车接的我吗?"

"当然不是,你想什么呢?那晚正好市区火灾,所有的急救车都派出去了,是一个年轻人抱你下山的。"楚靓回忆起当年,眼里还有浓浓余悸,"那是我执勤的第一个晚上,他抱你进来的时候你已经失去意识了,全身是血,吓得我做了好几个晚上的噩梦。"

"可是,没有人跟我说过……"

"你昏迷了半个月,醒来脑震荡,头天跟你说的事情隔天就会忘,早就忘记了吧?"

鹿晓确实不记得还有这样一个救命恩人，不过当年的记忆确实稀里糊涂，人类的思维好像具有本能的保护功能，她只记得当晚坐上了秦寂的车，再然后的记忆几乎被抽空了。不记得疼痛，不记得手术，躺在病床上的时光只留下了几个缩略的影子。

所以，竟然是把救命恩人也给缩略了吗？

"你有他的联系方式吗？"鹿晓问楚靓。

楚靓耸肩："我哪里知道你压根不记得他？我还以为你们认识呢，所以没留联系方式。"

比起寻找"救命恩人"，鹿晓更为烦恼的是，怎么把驻协科运营的事情告诉郁清岭。

自从向协科发送简历的那一天开始，她的脑袋就开始打结，白天思绪混乱，夜晚彻夜辗转难眠，思维如同一团乱线。她知道，不论如何都应该在下周之前告诉郁清岭她的决定，可是眼下的局面应该如何开口呢？

对不起，郁教授，我一开始就是打算进协科，只是借您当垫脚石用一用？

对不起，郁教授，您要不换一个助理吧？

鹿晓闷头在被窝里，醒来时已经是满头大汗。她裹着棉被到了阳台，在凉夜里吹了几分钟冷风，闭上眼睛还是郁清岭淡灰色的眼睛。

单纯如郁清岭，知道她的这些所作所为，大概会……对她感到很失望吧？

那个人笨嘴笨舌，恐怕就算失望到极致，也说不出什么话来。

第五章　深海孤独

Chapter17 海洋馆

鹿晓没有向郁清岭坦白，周五到来之前的早晨，她刚刚酝酿了足够的勇气，还来不及开口，忽然听见办公室的座机电话响了起来。

"喂？郁教授吗？"电话那头的声音慌乱无比。

"您好，这里是郁教授办公室，请问您是……"

"我是曦光小学的带班老师郑静，"电话那头的声音快要哭出来，"小星不见了！"

鹿晓和郁清岭匆忙赶到曦光小学，学校工作人员已经乱作一团。

年轻的带班老师郑静已经哭得上气不接下气："今天于医生不在，我本来要带他们去秋山医院采集血样，可是中途小星一个人跑了！我实在找不到她……所有可能去的地方我都已经找遍了……"

郁清岭问："是否报警了？"

郑静哭道："报……报了……警察还没有到……"她一把抓住了郁清岭的手腕，几乎歇斯底里，"怎么办郁教授？小星她平常很乖的，她根本就不会出去！小星她……"

郁清岭的脸色一变，身体几乎以肉眼可见的速度变得僵硬，却没有甩开郑静的手。他吃力地扶起已经瘫痪在地上的郑静，把她引导到了一旁的座椅上，他的脸色已经发青。

鹿晓第一时间发现了郁清岭的不适应，几乎是本能地，她挡在了郁清岭的面前，握住郑静的手轻轻安抚："你先别着急，先回忆一下小星之前有没有异样的地方。"

郁清岭终于喘出一口气来，沉默地站在鹿晓身后。

鹿晓成功地为郁清岭阻挡了外界的刺激，转身为郑静倒了一杯水："别着急，仔细想想小星可能会去的地方，十分钟后不论警察有没有赶到，我跟郁教授都会先出发去寻找。"

"没有啊……"郑静哽咽，"小星她一直很乖……从来不会这样忽然跑掉……"

"那之前有没有不对劲的地方？任何不对劲都可以说。"

郑静抽噎着，显然情绪已经崩溃了，不论鹿晓再怎么提问，她都只能絮絮叨叨地表达自己的担忧。鹿晓把她扶到了医务室，又跟着郁清岭去了第一教室。

郁清岭的脚步有些笨拙，行动比平常要迟缓。

鹿晓知道，这是他在思考的表现，郁清岭平常处理信息很单线，一旦陷入思考，肢体就会有所反应。可是现在情况紧急，于是她干脆牵起郁清岭的手，拉着他朝第一教室走。

时间还早，走廊上陆陆续续有送孩子到学校的家长路过，好奇的目光络绎不绝，扫过郁清岭与鹿晓的脸。

"鹿晓。"郁清岭忽然出声，他左顾右盼，似是刚刚回过神。

鹿晓停下脚步，低声道："我想您在出发前应该会想先去第一教室，所以自作主张了。"

郁清岭郑重地点了点头，径直走进第一教室，在其中找到了唐宋，问他："昨天小星做了什么？"

唐宋正在画画，今天画的是水彩，鼻尖上还沾着未干的颜料。听见郁清岭的声音，他的眼里闪过疑惑，似乎是没有反应过来。

问这些沟通障碍的孩子真的可以吗？

鹿晓很怀疑，却不敢打断郁清岭的问话。

然后，她看见唐宋歪着小脑袋想了一会儿，迟缓地开口："下午4点，小星在沙发上哭了；下午4点10分，小星去上厕所；下午5点……"唐宋一五一十地把小星的所有行为都描述了出来，精确到每一分钟。

郁清岭问："哭的时候是什么样子？其他人在做什么？"

唐宋闭着眼睛，缓缓道："小星趴在沙发上，玩手机，红色的发圈、蝴蝶发卡、黄色衣服、白色裙子、黑色鞋子……小鹿在跟天倾说话……小河在窗台上……"

他像一台穿越时间的机器，精准无比地把当时的画面重现。

小星她当时哭了吗？

鹿晓拼命回忆当时的情形，却什么都记不起来。

郁清岭的眉头越皱越紧。

鹿晓听见手机发出叮咚一声，她划开手机，发现是小星存档的"小丑鱼"海洋馆发来的系统信息：【您的宠物珊瑚鱼因喂养不善，已经死亡十七小时，请问是否安葬它？】

十七个小时……

鹿晓心中一颤，迅速瞥了一眼时间，现在时间是上午九点，十七个小时之前是……昨天的下午四点！

"郁教授！"鹿晓把自己的手机递给郁清岭，"小星哭，是因为电子宠物鱼死了。"

郁清岭一把抓过了手机，呼吸陡然急促。

"郁教授！"

鹿晓从来不知道郁清岭全速情况下可以跑得那么快，她追得气喘吁吁，终于在他启动车辆之前追上了他的脚步，拉开了副驾驶座的车门坐了进去。

下一秒，车辆冲出马路。

鹿晓的心跟着悬了起来，十几年前的经历在她的心里留下了阴影，每次坐在副驾驶上，她的呼吸就有些不畅通。她死死抓紧安全带，看着眼前的景色飞驰，心慌意乱。

"用手机查附近所有有水的地方！"郁清岭在驾驶中途出声，声音冷静得仿佛开车的不是他。

"是！"鹿晓的胸口翻涌着异样的感觉，不知道是晕车还是后遗症。她哆嗦着掏出手机，打开地图查找，曦光小学是在秋山的山脚下，山上的小溪在山下汇聚成河流，总共三条大支流，小溪无数，它们都会在H城的市郊汇入江流之中。山间根本就没有办法开车，如果小星真的去了这些地方……根本就无从找起！

"郁教授……"鹿晓抬起头，才发现郁清岭竟然开车驶上了盘山公路。

盘山公路限速 40 千米/时，郁清岭现在的车速……是多少？

鹿晓感觉下一秒身体就要飞出去，郁清岭根本连手都没有抖一下，他正稳稳操控着方向盘，近乎是冷漠地看着前方。周围的景色不断地变化，道旁的灌木已经连接成一片蔓延的灰褐色。

鹿晓不知道他现在的时速到底有多少，她只知道自己的心脏快要跳出胸腔了！

"看左边！"郁清岭冷静地说。

车辆在盘山公路上飞驰，鹿晓的视野飞快变化，速度虽快，却足够她看清远处综合交错的河道！

鹿晓打开车窗，疾驰的风灌进车厢里，刺痛了她的眼睛。可她从来没有像这一刻一样庆幸自己 5.0 的视力，极目望去，感谢冬日树木凋零，山下千万条河流小溪尽数展现在她的眼前！

"没有！"鹿晓在风中大声喊。

郁清岭一个急刹掉转车头，向山下疾驰。

"要去另一面盘山公路吗？"鹿晓在风中朝郁清岭喊。

"不去。"郁清岭沉声道，"搜索最近的水族馆、海洋公园，所有带水的游乐场所。"

对！

鹿晓飞速搜索，赫然发现 H 市地图范围内一共有三个水上公园，而唯一以海洋生物居多的是叫极地的海洋公园。

"在市心路 33 号有一个极地海洋公园！可是那在市中心，小星她会坐车吗——"

"会。"郁清垂眼道，"只要重复次数足够多，他们能够记住。"

鹿晓眼前一亮，激动得指尖发颤。市心路是秋山医院进市区的必经

第五章　深海孤独

之路,如果小星的家正好住在市区,而每天出行的又是公共交通工具呢?极地海洋公园……是小星每天路过的必经之地!

一进海洋公园,鹿晓就与郁清岭分头行动,郁清岭负责门口往西,鹿晓负责门口往东,各自绕一圈之后在公园中间的深水隧道集合。一圈下来,鹿晓穿着高跟鞋的脚痛得几乎已经没有知觉,然而要寻找的身影却迟迟没有出现。

难道……预算错误吗?小星根本没有进海洋公园?

疲惫与失望倾轧着鹿晓剩余不多的精力,她感觉快要支撑不住了,此时此刻,只要一根手指头的力气,她就能当场倒下,直到120担架来抬她为止。

绝望之际,她掏出手机,哆嗦着拨通郁清岭的电话。

"郁教授……"电话接通的一瞬间,鹿晓忍不住眼眶发疼,"我到深海隧道了,我……我找不到……"

"我找到她了。"

"您……您说什么,再说一遍……"

"我找到小星了,就在深海隧道里。"郁清岭低沉的声音,通过电话一点点浸润到她的耳朵里,"鹿晓,你抬起头,往前看。"

鹿晓屏住了呼吸,缓缓抬起头。

她看见微弱的光芒照亮四周蓝色的玻璃壁,成群的鱼就在她的身旁游过,深邃而又漫长的海底通道光影灼灼。一个熟悉的身影牵着一个低矮的小身影,就站在她十几步开外的地方,在微光中,鱼群尽头,静静地伫立。

郁清岭?

他们越走越近,小小的身影原本正面无表情地朝前走,路过鹿晓身侧的时候,忽然停下了脚步。

"小鹿。"小星在原地驻足,抬起头看着鹿晓的眼睛。

这是小星第一次,记得她的名字。

"珊瑚鱼死了。"小星在原地驻足,长长的眼睫湿漉漉地粘连着泪水,"小星想要再找一条给小鹿,可是找不到一样的……"

鹿晓呆呆地看着小星,好久,才捂住了自己的口鼻。

就算这样,眼泪还是落了下来。

几个月了,她无数次向小星介绍自己,又无数次被忘记。

鹿晓就像一根企图在湖面上划出痕迹的树枝一样,无望地重复无望的过程。

直到此时此刻,她才确信,自己终于走进了眼前这一颗孤独的小星球。

鹿晓痛痛快快地哭了一场,抱着柔软的小星,在深海隧道里哭得一塌糊涂。

其实这一场眼泪早就在心里酝酿了太久,也许是从每一次无望的重新认识渐渐积攒,又或许更早,从第一次进曦光小学时起,从看见于医生苦涩无奈的眼睛起,从天台上见到那个笨拙的郁清岭说要用有限的生命去尽可能地挽救这些失落的星星起,她就想要好好地哭一场。

小星没有像明熙一样挣扎,她安静地任由鹿晓抱着,等到她哭得没有力气了跪在地上的时候,她就伸出小手,轻轻抚摸鹿晓凌乱的头发。

"小鹿,不哭。"小星的声音也软绵绵的,身体靠在鹿晓的怀里,这是全然信任的姿势。

鹿晓已经回过了神,红肿着眼睛抬头看郁清岭:"郁……郁教授……对不起我失态了……"

她哽咽着,想要挖个坑把丢人的自己给埋进去。

郁清岭的脸上写着无措,好久,他才学着小星的模样,摸了摸鹿晓的发顶。

"鹿晓。"他轻声道,"不哭,不哭。"

一大一小,两个笨蛋……

鹿晓被他笨拙的声音逗笑了,扶着墙壁站起身:"小星,要不要逛

第五章 深海孤独

海洋公园?"

小星兴奋地跳起来:"好!"

鹿晓伸出袖子胡乱在脸上抹了一气,边哭边笑:"郁教授,我想带小星在这里多玩一会儿,可不可以?"她其实到现在,还感觉有点不真实,之前几个孩子的心就像是铜墙铁壁,这天降的幸福实在太过突然,她还想……再确定一会儿。

郁清岭自然是看不明白鹿晓这些微妙而复杂的凡人心态,他的脸上依稀留有彷徨的表情,仿佛刚才在寻找途中雷厉风行的那个人格已经消失不见似的,此时此刻,只留下一个笨拙的郁清岭,呆愣地看着又哭又笑的鹿晓。

人心……实在是有些难以捉摸。

郁清岭有些烦恼,伸手摸了摸自己的胸口,他知道自己的心跳有些失常,如果可以,他很想现在抽取一点自己的血液,应该能检查出激素分泌的异常,然而这里没有工具,回去的话最起码要半个小时的车程。

但是,她想留在这里啊。

郁清岭望着鹿晓的眼睛,本来清晰的思路变得异常迟钝。

"好。"他听见自己低哑的声音说。

如果鹿晓想要留在这里,就算一切都不对劲,也都没有关系的。

鹿晓牵着小星的手,买了一大串气球。

各式各样的形状,海豚的、飞鸟的,还有机器猫。

小星提着气球,在原地快活地跳跃:"飞起来!飞起来!"

鹿晓扭头看郁清岭:"我小时候也想过,如果买一万个气球,是不是能够飞到月亮上去?于是攒了七千块零花钱,结果后来被爸爸给没收了。"

郁清岭侧耳倾听,目光沉静:"到高空时,气压变化,气球会爆炸。"

他的表情很认真,仿佛是真的担心鹿晓会把这疯狂的主意付诸行动,眼神里带了严厉。鹿晓被他这副认真的表情逗乐了,揉了揉笑出的眼泪:

"放心，我现在不会这样做的。我就是觉得，人类在单纯的年纪里，有一些很蠢的梦想，真的很幸福。"就像现在活蹦乱跳的小星，眼睛里只有飞上天的气球，已经快忘记了珊瑚鱼的死讯吧？

"不蠢。"郁清岭想了想，低声道。

"啊？"鹿晓一时反应不及。

郁清岭仿佛是经过了最缜密的思考，才低声道："鹿晓，不蠢，很好很好的。"

他置身于熙熙攘攘的人群，眼眸中映衬着天空与云朵。

鹿晓看得忘记了呼吸，良久，她才低头笑起来："此时应该需要一个拥抱。不过，我决定入乡随俗了。"

她在郁清岭诧异的目光中拉起他的手，遵循着记忆里他做的那样，被他的手指中指掰出来，剩下的合并成拳，然后举起自己的右手，以同样的姿势，用指腹轻轻触碰他的食指和中指。

应该没记错吧？郁清岭式"友好表达"。

"我也很高兴能遇见你，郁教授。"鹿晓轻声道。

如果不是阴差阳错的应聘，她或许终其一生都不会遇见这些孤独的灵魂。人生没有那么多或许，她遇见了，就没有打算只是路过。

小星在远处开心地喊"小鹿"，鹿晓匆匆跑上前去，刚好错过郁清岭的表情。

她没有看见，就在她的身后，郁清岭呆望着自己的指尖，耳尖忽地红得快要滴血。

第五章 深海孤独

Chapter18 珊瑚鱼

小星没有被接到 SGC,而是被直接接到了秋山医院。

秋山医院的研究办公室对小星的血液进行了抽样比对检查,最终得出结果,小星体内的 OXT(催产素)指数呈现明显的上升趋势,且她身体内的自主分泌荷尔蒙值也有所上升。医生当着所有人的面公布这个消息,小星妈妈与于医生相互看了一眼,眼里闪动起激动的泪花。

鹿晓不知道应该做什么反应,她听不懂。

她悄悄问特地赶来的黎千树:"这个代表什么?"

黎千树道:"这代表小星的自闭谱系障碍有改善的可能性。"

鹿晓迷茫:"可是小星并没有什么变化啊……"

黎千树垂眼看着鹿晓和小星相互牵着的手,微笑道:"人心是很复杂的,清岭的实验是每周两天,让他们接触微量 OXT(催产素),并且在那种环境里与你相处,你可能不知道,小星上一个接受的人是她的带班老师,从三岁到五岁,小星花了整整两年的时间。"

"那我……"

"没错,你只花了三个月。"黎千树轻轻舒一口气,看着远方激动的人群,"这代表清岭的实验已经有了明确的效果,鹿晓,恭喜你们。"

黎千树的声音很轻,鹿晓却被他的情绪所感染,转头去看郁清岭。

此时此刻,他正站在人群里,依旧疏离而又遥远。好像周围的一切是绚烂的水彩,只有他一个人是黑白的素描,与这个世界格格不入,却又永远站在这个世界的边缘,并没有放弃。如此孤独。

有那么一瞬间,鹿晓很想拥抱他。

之后的事情,谁也没有想到。

从海洋馆回来,小星的情绪一直很低迷,就算鹿晓为她的小丑鱼海洋馆又新添了不少动物,依旧没有让小星的情绪好转起来。她总是懵懂地打开页面,茫然寻找记忆中存在过的那条鱼,遍寻不见,就更加失落。

"小鹿，珊瑚鱼，去了哪里？"小星趴在沙发上，抬眼问鹿晓。

鹿晓头痛得想要撞墙：总不能告诉小星，珊瑚鱼化作一堆数据被删除了吧？

小星泪眼蒙眬，柔软的指尖不断地戳着手机屏幕。

没有人想过，情感感知能力得到了增强，带给小星最初的却是伤害。自闭症孩子对已经进入自己生命的东西，有着非常人的执着。然而越是执着于那些事物，当失去时他们越不能够接受，尤其是小星的情感认知正在不断地好转。

鹿晓很为难，她已经试过了所有方法，比如再领养一些鱼，甚至是重新开一个账号。可是小鹿对海洋馆里每一只动物都有印象，重新开一个账号不能骗过她。鹿晓甚至偷偷给账号充了两千块钱，可是身为非洲之星，她根本抽不中那条珊瑚鱼……

她于是被迫无奈，只能给游戏客服打电话。

"我只要珊瑚鱼，对，你们有没有什么套餐，能够保证能抽到那条珊瑚鱼？"

"那数据可以恢复吗？我多充一点儿钱，你们能不能帮我回个档？"

"不行，不能换账号也不能买账号，我不是来找碴儿的……我只是想要珊瑚鱼……喂？"

对方客服是一个小哥，不论鹿晓花多少时间去好言相劝或者胡搅蛮缠，对方都坚决不肯通融。刚开始他还温言细语，后来声音越来越大，最终爹毛："我们虽然是个小工作室，但我们也是有节操的！游戏就是要有游戏的公平性！你们有钱了不起啊？你们处处都要特权是不是啊？这个世界上有些游戏，就算有钱，也不能为所欲为的！"

电话被挂断。

鹿晓呆呆地听着电话那端的"嘟嘟"声，灵魂也跟着飘摇。

真是难得有节操的工作室啊。

鹿晓叹息，可是小星单纯地、一根筋地盼望着珊瑚鱼能够回到游戏

第六章　寻找珊瑚鱼

里。怎么办?

鹿晓正在抓狂,房门忽然被人叩响。行政部的主管善芳出现在门口,道:"鹿晓,协科来人了,你跟郁教授一起去会议室吧,这里我来看着。"

"协科?"

善芳眉开眼笑:"是啊,你们的实验取得了进展,算是走上正轨了,协科马上要跟进,当然要过来开会。"

鹿晓终于想起了那封发到协科人事部邮箱的简历信,心脏仿佛被狠狠地揪了一把。

糟了,她……她还没来得及跟郁清岭坦白!

怎么办……

会议室里其他人都已经就座,协科方代表坐在椭圆桌左边,SGC方代表坐在右边,满满的一桌人,只有郁清岭的身旁留了一个空位,很显然是留给她的。

鹿晓轻手轻脚地入座,心跳如雷。

她很怀疑郁清岭是不是听见了她的心跳,从她入座开始,他就频频回头,不断投来疑惑的目光,似乎在问:怎么了?

我这是心虚、愧疚、不安,数罪并罚啊!

鹿晓在心底哀号,手心被她自己的指甲扎得泛红。

协科方正在致辞,大意是公司展望未来,对你们充满了信心,放心,我们有钱,你们尽管放手去做,钱放在仓库都快长霉了。致辞啰唆得要死,鹿晓不敢听漏一个字,她害怕下一秒,他们就会忽然宣布她是驻扎协科的运营人员,从此就不做郁清岭的助理了……

"鹿晓。"郁清岭低声出声。

鹿晓紧张得喝了一口水,忽然不敢看他的眼睛。

她很害怕,害怕他听见失望的消息,更害怕看到他失望的眼睛。小星因为珊瑚鱼的离开,已经情绪低迷了好久好久,郁清岭如果知道她要走,会怎么样?

会议上，冠冕堂皇的话已经告一段落。主持会议的商锦梨笑靥如花："相信双方都对本次合作充满了信心，为了我们双方能够有更加畅通的合作，我们需要有两个专业的运营人员，分别驻两地办公，随时沟通与SGC的项目进程。"

来了！

鹿晓死死攥紧了会议桌下的手。

商锦梨的目光落在鹿晓的脸上，眸光微变，忽然道："关于运营人员的人选，相信各科室的助理们已经收到了通知并且发送简历，协科方还要根据简历进行适当筛选，月内会通知到位。"

一场会议下来，鹿晓的脊背都已经湿透了。

郁清岭被协科的几位中层拖住走不开，只能用关切的眼神目送鹿晓离开会议室。

鹿晓只觉得自己是一个刚刚上过断头台的死囚犯，刚要行刑，忽然被通知说刽子手的刀今天忘带了，要不明天再来砍头？

"鹿晓。"过道上，商锦梨叫住鹿晓，"你跟我来。"

鹿晓心虚地跟上商锦梨的脚步，跟着她走进了会议室旁边的一个小茶水间。

"你从开会到现在，怎么一直是一副做贼的表情？"

鹿晓没空解释，她仔细想了想，问道："锦梨，驻协科的运营，每周可以回来几次？"也许这个运营只是每天在两地之间跑跑腿呢？或许这边一天那边一天？

"你在想什么呢？"商锦梨翻白眼，"所谓的驻协科运营和驻SGC运营，不过是为了让双方在推进项目的时候能有自己人在对方阵营里。你除了合同还在SGC，其余都跟协科员工一致。"

"啊？那我还能回……"

"当然不能。"商锦梨道，"你的身份是驻协科运营，就算你偶尔回来一次，也是去中心楼与事业部交接。"

所以，一旦入职后，就再也不能回到11楼吗……

再也……不是郁清岭的助理了？

"你没有忘记你的初衷吧？"

鹿晓沉默，她想了想，还是摇头。

她的初衷，是想要以成人的姿态进入秦寂的视野，想要让那个人看见她，想要成为站在他身边的人。为了这个目标，她不惜费尽周折进SGC，可是，成了SGC驻协科运营，就真的能令秦寂改观吗？

她还是喜欢秦寂的。

只是在走出象牙塔之后，她现在有些不确定自己幼稚的行为，究竟是对还是错。

"我说，你该不会是临场害怕了吧？"商锦梨把鹿晓从头到脚打量了一遍，忽然笑了，"鹿晓，你为了这一天，放着自己的专业不顾，筹谋了这么久，别告诉我你现在不敢了。"

"当然不是！我……"鹿晓心虚凌乱，"我只是……还没有找到珊瑚鱼。"

商锦梨当然听不懂，她接了一个电话，行色匆匆，临走还抛下一句："反正简历已经发送过去了，协科人事部应该已经收到了。这时候想后悔也晚了，木已成舟。"

鹿晓回到实验房间时已经是半个小时后。

她原本以为自己已经足够冷静地接受现实了，可是看见郁清岭洁白的身影，熟悉的负疚感还是倾轧而来——必须开口了，本来拿他当踏脚石已经是无耻了，她实在不想让他从上级的口中知道她将被借调的事实。

"小鹿，小星还是找不到珊瑚鱼。"小星举着手机，撞到鹿晓的腿上。

对，还有珊瑚鱼……这也是必须解决的事情……

鹿晓昏沉着蹲下身，从小星的手里接过自己的手机，低声道："小鹿有道具可以让珊瑚鱼回家。"

"真的呀？"小星的眼睛亮闪闪。

"当然。"鹿晓蹲在沙发边，点开充值页面。

这个养成游戏的机制其实非常简单，通过购买格式的道具，能够产生一定的抽奖券，十张抽奖券就可以召唤一个新朋友。简单来说这是一个对运气差的人非常不友好的游戏，可是她现在已经没有办法了。

鹿晓往账号里面充了两千，抽卡，无果。

充值五千，抽卡，无果。

充值八千，抽卡，无果。

当初到底为什么要下载这个游戏？

鹿晓越来越烦躁，账号里面已经多了各式各样的动物，光鹦鹉就有十几个不同颜色的品种。

鹿晓又拨通客服电话，结果她只是提了一句"珊瑚鱼"，就被恶狠狠地挂断。

"鹿晓。"郁清岭不知道什么时候已经站到她的面前，"你在做什么？"

"没什么。"鹿晓看了一眼已经睡着的小星，压低声音问郁清岭，"郁教授，对一个自闭症的孩子来说，失去已经习惯的东西，会怎样？"

郁清岭不明所以，仍然回答："会疯狂找寻，辗转困顿，直到忘记。"

鹿晓低头看小星的睡颜。的确，小星就是因为珊瑚鱼死了，所以独自偷跑出曦光小学去了海洋馆，找寻那一条永远都不可能找到的珊瑚鱼，执着得让人心疼。

"那我是不是您已经习惯的东西？"鹿晓在分神的那一秒，不假思索的问题脱口而出。

鹿晓紧张地盯着郁清岭，眼看着郁清岭的眼里流过轻微的波纹。

郁清岭缓缓摇头。

鹿晓的心仿佛是在悬崖边，明明差之毫厘就要万劫不复，可偏偏，还有些失落。

"鹿晓，不是东西。"郁清岭低声道。

第六章 寻找珊瑚鱼

鹿晓相信郁清岭没有恶意，真的。

郁清岭徐徐道："你是曦光计划重要的组成部分，是对我来说有重要意义的人。"

鹿晓的心脏狠狠抽了抽，酸涩的感觉渐渐从胸腔里弥漫开来。明明知道他根本不懂得什么是言外之意……可是她看见了他眼里澄澈的光，心中就有一个声音在轻轻诉说：你看，你也是一条珊瑚鱼。

▲ Chapter19 开挂玩家 ▲

鹿晓再也没有拨通那个客服电话。这还是她头一次作为"人民币玩家"，被游戏商拉黑。

简直是奇耻大辱。

隔天是曦光实验组的休息时间，于是她干脆向郁清岭请了假，在路上打了个车，顺着网上搜到的游戏公司地址直奔 J 市。还挺巧，游戏公司就在隔壁市，打车过去也就两个小时的事情。

两个半小时之后，她已经站在无良游戏制作方的办公室门口了。

工作室坐落于 J 市一个商住一体小区，她在小区里面七弯八绕，终于在最内侧的某栋楼的阁楼看见了工作室招牌：**蓝脚工作室**。很奇怪的名字。

鹿晓刚想敲响房门，忽然看见一个年轻男人懒懒散散地提着外卖上楼。

他的目光与鹿晓撞了个正着，黑框眼镜下闪动起疑惑的光："你是哪位？你找哪位？你该不会是来收房租的吧？不，我们并没有！"

黑框眼镜男的身体瘦得像竹竿，明明气温几乎要零下了，他的身上只穿了一件旧 T 恤，风一吹，他打了个喷嚏："阿嚏——"

果然是个小工作室，这人看起来就是一个无业游民。

鹿晓酝酿了几秒钟，扯出一抹温和的笑来："您好，我是'我家有个动物园'的玩家。"

黑框眼镜眼睛一亮，放下手里的麻辣烫盒子，热情洋溢地握住了鹿晓的手："啊！原来是粉丝！您好您好，我是蓝脚工作室的产品经理兼项目组长兼技术顾问兼运营，我叫程一飞。请问您找我们，是为了……"

"珊瑚鱼。"鹿晓说。

她只来得及说这三个字。

下一秒，黑框眼镜的脸色陡然一变，宛若见鬼似的张了张口，忽然提起麻辣烫，哆嗦着打开房门冲了进去。

"喂——"

砰！房门被用力甩上了，里面传来一阵尖叫："你走！我们不会开门的！死也不会开门的！"

果然，在那之后，不论她如何敲门和喊话，蓝脚工作室再也没有了反应。

阁楼外死一样的寂静。

人生艰难起来真的可以雪上加霜。

下午，鹿晓回程乘坐的出租车刚刚进入H市的行政范围内不久，就在郊外熄了火。

司机下车查看半小时无果，哭丧着脸拨打了拖车电话，扭头朝着她叹息："小姑娘，对不住啊，荒郊野地的不好再打车。你要不……等等我们，一起跟着拖车走？"

鹿晓左顾右盼，发现还真不是荒郊野地，国道旁有一条岔道，岔道的深处是一座熟悉的建筑：秋山医院。总算老天爷还不至于太丧心病狂，竟然已经到了曦光小学附近。

鹿晓谢绝了司机师傅好意，徒步20分钟抵达了曦光小学。

"鹿晓？"带班的郑静老师看见鹿晓忽然造访，诧异道，"是SGC出什么事了吗？"

"没有没有，我只是路过，顺道进来看一看。"

郑静松一口气，笑道："你是想看看孩子们日常的学习吧？我带你过去。"

鹿晓跟着郑静一路到了教室，曦光小学的生活化管理和教学管理是两套机制，生活化管理是根据孩子们的干预康复程度，以自理为主，分成从第一到第五总共五个级别的班级，而学习则是更加小的班制。

E教室正在教日常生活中的名词：桌子、椅子、苹果、香蕉；D教室正在教简单的加减法；C教室正在教小学程度的物理与化学题……鹿晓走到A教室，发现A教室里只有电脑，没有老师。

郑静笑道："你就在这里等接你的人来吧，无聊就上上网，看看电视剧。"

鹿晓："这里是？"计算机房？

郑静道："你应该也发现了，我们的教学是因材施教的，不过我们毕竟是特殊学校，老师们的能力不足以教授A班的孩子们，就只能通过网络课程的形式，让他们能够有所进步了。"

鹿晓放眼望去，发现教室里只有五六个学生，其中就包含了唐宋、黑白和小河。唐宋在熟练地用手绘板画画，黑白在盯着电脑屏幕上密密麻麻的代码发呆，小河……小河他在玩游戏。

所以这是天才少年班？

鹿晓找了一台空机器，刚好在黑白附近。

她现在没有心思看电视剧，原本以为直接杀去游戏公司老巢会是险中求胜的方法，可是现在最后的希望也破灭了，珊瑚鱼看起来已经不可能到手了。

鹿晓百无聊赖，作为纯文科生，她只能选择最愚蠢的方法——上网搜索：

游戏能不能作弊回档？

卡牌养成游戏有没有什么抽奖玄学？

如何查看游戏的掉率？怎么样百分之百抽到特殊卡？

时间慢慢溜走，鹿晓回过神时，发现一个熟悉的身影站在她身边。

黑白？鹿晓诧异地回头。

在之前三个月的相处中，黑白一直是个沉默的孩子。他似乎总是抱着平板电脑在角落里操作着什么，任凭她再怎么哄骗，他都没有发出过一丁点儿声音。

"黑白，你有事吗？"鹿晓轻声问他。

第六章 寻找珊瑚鱼

此时此刻，黑白望着她的电脑页面，漆黑的眼眸中映衬着电脑屏幕的光亮。

他就这样僵直地站了足足好几分钟，忽然，从身后掏出了一个平板电脑，指尖飞快地在平板电脑上敲击出字符：

你想要让游戏回档吗？

在遥远的 SGC 研究所，郁清岭又一次抬起头，望见对面空空如也的座位。

鹿晓她……请假了。

郁清岭低下头想要专注于自己的工作，却无论如何都集中不了注意力。他是一个极其容易专注的人，在工作的时间里，很少会有外界的干扰能让他离开自己的思维世界。

可是就在鹿晓没有上班的五个小时零二十七分钟里，他已经第七次分神了。

鹿晓，去哪里了？

郁清岭低头看手机，缓慢地思考：普通人类赖以维持人际交往、维护人际情感的方式是通过手机联系。可是他刚刚已经向鹿晓发送了微信，传达了他对维持友好关系的信号，却……并没有得到回复。

这意味着，失去联系。

失去联系，在人类人际关系维持中崩溃率为 37%。

郁清岭又一次输入了错误的实验参数，他思考了几秒钟，干脆停止了输入。很显然现在并不是工作的好时机，与其因为注意力不集中而导致错误信息的录入，不如先专心做想要专注的事情。

他确实是一个很专注的人，比如专心等鹿晓。

现在是下午三点五十分。

还有十七小时零二十分钟，鹿晓就会上班了。

鹿晓之所以没有看见微信，是因为她的手机正连着黑白的电脑。

曦光小学的计算机房，气氛微微地焦灼着。

黑白坐在电脑前，紧紧地盯着电脑屏幕，指尖飞快地在键盘上游走，一串又一串的代码不断地在屏幕上更迭。与此同时，鹿晓的手机正配合着黑白的操作，自动地重复着开机——关机——开机等各种进程。

"黑白，你这是在做什么？"鹿晓心里隐约知道答案，但是她不敢相信自己的猜测。

黑白在自己的电脑上新开了一个电子文档，在输入代码的空当时间往电子文档里输入文字：切断 APP 读取服务器时间功能。

在他输入的时候，原本的代码页面光标闪了闪，忽然自动往下延续了几百行。

"这是怎么了？"鹿晓问。

黑白迅速在代码页面中敲击了竖行，随后点开了桌面上的一个小文件，代码页面上的字符又闪动着往下移动了数十行。黑白甩甩手，切到电子文档页面，输入文字：他们发现了，在抢修。

果然，他在黑进那家小工作室的后台……

虽然在电视剧和电影中看过很多次这种事情，可是这样的场景真实发生在现实生活中……鹿晓还是觉得有些玄幻。她不再发声打扰黑白，专心地在他身后看着黑白的侧影。

十四岁的少年黑白，从来都是不吭声的小闷油瓶，而此时此刻的黑白，眼睛里映衬着荧光，前所未有的专注。

在过去的几个月里，她试过很多种方法想让他开口，甚至还试过把沟通的话写在唐宋的素描本上，用文字来沟通，没有想到今天居然阴差阳错地撞上了！

这个小屁孩，竟然得用电子文档沟通？

黑白敲击键盘的速度越来越快，眼神锋利，嘴角竟然还渐渐勾起了微笑的弧度。

第六章　寻找珊瑚鱼

鹿晓目瞪口呆地看着这一切。

忽然间，黑白用力一敲回车，随后拿出手机，递给鹿晓。

黑白扭头在电子文档里敲：把你的手机系统时间设置到你想要回去的那一天。

这么容易？鹿晓抱着怀疑的态度，回忆了一下小丑鱼海洋馆建立的时间点，然后把自己的手机设置恢复到了三个月前，抱着怀疑的态度打开小丑鱼海洋馆，发现那条早就化作泡沫的珊瑚鱼，正优哉游哉地在小星的海洋馆里摇晃着尾巴。

鹿晓觉得自己最近的泪点快跌破下限了，因为她看着那条动画鱼又有点儿想哭。

成功了吗？黑白催促。

"好了！"鹿晓也不管有没有泪水，胡乱抹了一把眼睛，"黑白，你做了什么？"鹿晓担忧地问他，该不会是做了犯法的事情吧？

进入游戏后台，切断游戏和服务器的联系，游戏没有办法读取正确时间，就会遵循手机设备时间。

"那他们修好后会不会发现，然后恢复啊？"

他们抓不住我，所以无法确定是哪一个账号出现bug，无法更正。一群笨蛋。

鹿晓没能忍住，喷笑出声。

她已经迫不及待地想要直接拿到小星的班上，让小星看看回家的珊瑚鱼了。

黄昏时分，鹿晓终于等到了商锦梨的顺风车，搭着她的车回到城区的公寓楼下。

"谢谢啦！"鹿晓下了车赔笑，又被商锦梨趁机掐了一把脸。

"不用谢，我正好在那附近，顺路捎个货而已。"商锦梨淡淡道，"不过我倒是好奇，要是我没空，你该找谁？"

被捎带的货鹿晓站在原地傻笑，心想要不是知道商锦梨就在附近办公，她也不敢轻易叫她来接啊。商白骨这等赚钱利器，分分钟几万上下，滚的可都是白花花的钱。

商锦梨的车飞驰而去，鹿晓回到房间就瘫倒在了床上，成功找回珊瑚鱼的兴奋未消，于是她在床上打了个滚。

真是好久好久没有这么开心了啊——

不期然地，商锦梨的话在耳畔又响起：要是我没空，你该找谁？

鹿晓呆望着天花板，意外自己第一个想到的竟然不是秦寂。

脸上有点儿发烫，她于是掏出手机想要玩几局游戏，却习惯性手滑点了微信——于是，迟到八百年地发现，郁清岭居然给她发了好几条信息。

下午1点整：*鹿晓。*

下午3点整：*鹿晓。*

下午4点整：*鹿晓？*

鹿晓回了他一串省略号。

郁清岭那边几乎是同时显示"对方正在输入"，却久久没有内容发送成功。

鹿晓憋笑着继续打字：我今天是去为小星找珊瑚鱼了，明天会准时上班的。

郁清岭秒回：*好。*

鹿晓长长地舒出一口气——那个家伙，一直以脑电波交流的超高准则在要求她这个小助理，也就是她才会去仔细判别不同语调的"鹿晓"分别代表着他的什么需求吧。要是换了别的助理，郁清岭……他大概会不习惯很久吧？

就像小星找不到珊瑚鱼，黑白离开了电子文档。

郁清岭不是普通的自闭症，也许他会理智地接受这个事实，又或许，他会在深海里找寻更久？

毕竟他认真得让人心软，却也笨拙得像个机器人。

第六章 寻找珊瑚鱼

鲸落在深海

　　鹿晓不敢去深想这个话题,她想先睡一小会儿,缓解长途跋涉的疲乏,可是小星的那条珊瑚鱼好像游进了她的脑袋里,搅得她焦躁难安。
　　她挣扎许久,终于又掏出手机,翻到新加的黑白的微信。
　　"黑白,在不在?"
　　"在。"黑白回复得相当利落。
　　"已经发送到别人邮箱的邮件,你有没有办法撤回?"
　　"没有办法撤回。"黑白回复。
　　鹿晓的心情渐渐低沉。
　　"不过我可以黑进对方邮箱删除它。"黑白的信息迟迟发来。

▲ Chapter20 人民币玩家 ▲

第二天，鹿晓迟到了。

当她匆匆忙忙地赶到 SGC 的时候，郁清岭已经对每个孩子做完了例行的干预反应测试。她站在办公室门口，心虚地咧嘴："对不起，郁教授，我临时去了一趟商场。"

"商场？"郁清岭疑惑道。

鹿晓放下包，把手机递给沙发上的小星，打开了她的小丑鱼海洋馆。海洋馆里的珊瑚鱼摇动着尾巴，正优哉游哉地游动着。

小星的眼眸一瞬间被点亮，她兴奋地抢过了手机，粗短的指尖抚摸着珊瑚鱼的脑袋。那条鱼的动态居然做得不错，当手指触碰的时候，珊瑚鱼会停下游动，用自己的脑袋蹭小星的指尖，逗得小星一直兴奋地边笑边叫"珊瑚鱼"。

鹿晓感觉心底柔软了一片，望向郁清岭时目光还带着笑。

"那个……"她不好意思道，"这一款游戏制作简单，绝大多数数据储存在手机端，所以没有账号和密码，我就干脆去重新买了个手机，'小丑鱼海洋馆'就送给小星了。"这还是昨天从黑白那儿知道的，小星每周只能到 SGC 两天，不如把手机当作小丑鱼海洋馆本身送给她，这样的话她每天都能看见珊瑚鱼了。

她说话时，还有一点儿心虚，所以脑袋有些耷拉。

郁清岭看着她，想起了"人际关系维持法则"，不确定这种情况下是否能判别为"人类心情沮丧"，于是尝试性道："用于实验的经费，可以走官方渠道补偿。"

鹿晓呆滞了半天才反应过来，郁清岭的意思是买手机的钱可以报销？

"不用不用，"鹿晓摇头，"我的手机旧了，更新换代而已。"

郁清岭低声道："鹿晓，正当消费正当补偿，合乎规范。"

第六章 寻找珊瑚鱼

143

鹿晓:"没关系,我……"

郁清岭轻声道:"协科第一阶段赞助是三千万。"

秦寂真是……财力雄厚!

但是……您这样把赞助金额说出来真的没有问题吗,郁教授?

当天,鹿晓就把新手机里存着的秦寂的名片备注改成了金主爸爸。

自从珊瑚鱼事件,鹿晓发现她和郁清岭的关系似乎有了微妙的改变,具体表现在郁清岭已经能够和她流畅对话了。他的话仍旧不多,主要以学术解析为主,偶尔生活上的小交流他也能应答自如,真诚得有些呆萌,莫名透着点儿甜。

鹿晓觉得这联想太可怕,于是甩了甩脑袋,想要让自己清醒。

闲暇时,她喜欢光明正大地偷看郁清岭。郁教授今年不到三十岁,身材颀长,五官剔透,因为长年宅在实验室,养出了白皙的皮肤,要不是顶着"郁教授"这样的头衔,怎么看都像个漂亮的小男生吧?还是穿上白大褂能勾勒出腰线的那种……

"鹿晓。"郁清岭从对面望来。

鹿晓不着痕迹地躲到了显示器的后面,尴尬又心虚。"郁清岭"这三个字,在业内放出去是让人肃然起敬的存在,她怀着这样的心态简直是亵渎。

"在想什么?"郁清岭一脸认真地问。

鹿晓还沉浸在郁清岭的美色中不可自拔,明明知道这只是郁清岭亚斯伯格症无法揣测别人情绪与心思的一种习惯性问话,却硬生生听出了一点儿旖旎。

"在想什么?"

"想你啊。"

三俗的凡人在心底脑补。

脸上还要装作一副正经,鹿晓干咳一声道:"我在想,小星之所以能够比较快地接受我,除了OXT试剂的帮助,小丑鱼海洋馆应该也起到了一定的作用吧?"

这是鹿晓这几天来一直在考虑的问题。小星在第二次接触手机游戏时,就记得住游戏的操作方法,并且能在珊瑚鱼死后念念不忘。与其说是她进入了小星的世界,不如说是小星的世界为小丑鱼海洋馆敞开了一个口子,她只是偷偷溜进去的。

郁清岭低声道:"OXT,是人类感到心情开朗,并产生归属感的时候,心脏分泌的激素。比利时安特卫普大学的卡罗林·德克勒克做过相关研究,它并不是对所有人都有效,只有当自闭症患者认定某个人为较为熟悉且能接受的人,OXT才能对患者起效,让患者产生亲近与依赖感。"

鹿晓听得一知半解,只好试探性地发问:"所以,患者就像在自己的房子里,OXT起效的前提是患者自己先打开房门,而手机其实是我的敲门砖或者说是诱饵?"

郁清岭一愣,似乎是觉得她的比喻有些不可思议,连表情都沉重起来。

说错了吗?鹿晓的灵魂在郁清岭科研的目光下渐渐缩小。

心虚的文科生膝盖瑟瑟发抖。

不知过了多久,郁清岭才终于有了反应,他低声道:"我赞同你的观点。"

"噗!"

所以刚才他是在思考吗?要不要这么一脸凝重啊!

鹿晓抬头看着一脸认真的郁清岭,干脆把新手机通讯录里的"郁教授"改成了"郁呆萌"。

下午,鹿晓接到了一个意想不到的电话。

电话那端是一个怯生生的女声:"您好,请问是'小丑鱼海洋馆'的主人吗?"

鹿晓呆滞地回答："对，请问您是？"

"您好！我是蓝脚工作室的文案兼组长。"电话那头的声音柔软又胆怯，"对不起，我不知道之前您来过我们工作室，对于我们不恰当的处理，我想代表工作室向您道歉并给予补偿。现在我们已经在H市了，请问您方便见个面吗？"

这是什么奇怪发展？

鹿晓挂断电话，仍然一头雾水，只是脑海中还回响着电话那头那个有些可怜兮兮的女声，不由得又有点儿心软。于是她纠结了几分钟，还是跟郁清岭开了口："郁教授，我下午能请假吗？"

郁清岭微微发怔："私事？"

鹿晓点头。蓝脚工作室应该算公事衍生的私人恩怨吧？毕竟是她自作主张跑去J市找了他们的碴儿……

郁清岭的眼眸低垂，几秒后才道："好。"

鹿晓怀疑自己的眼睛出了问题，她好像看到郁清岭的表情不是很高兴？不过他阴郁的表情只维持了一眨眼的工夫，下一秒又是她熟悉的淡漠表情。

还是早点儿回来吧，毕竟调岗的事情还没有跟他讲清楚。

鹿晓在出门的电梯里深呼吸，鼻尖闻见的是熟悉的消毒液的味道，早就发芽的念头又一次撩过她的心弦——真的要去协科吗？

就在鹿晓的身影离开办公室后不久，郁清岭抬起了眼睛。

他有些烦躁，或许是因为鹿晓接二连三地离开，又或许纯粹只是因为身体内多巴胺分泌不足？他在办公室里兜转一圈，始终无法平静，干脆去了隔壁1102。

在1102窗边的床头柜上，放着一盒曲奇饼。

他其实并不喜欢甜腻的味道，不过甜食能够产生多巴胺，某种程度上能够安抚他现在的情绪。他取出了一片，放进口中咀嚼，任由那股香甜的滋味渗透进鼻间，慢慢融化在唇舌间。

果然，焦躁的情绪稍稍缓解了一点儿。

他掏出手机，滑开微信，看见鹿晓的头像之后戳了戳，没有发信息。

不能在她离开只有5分钟后就联系她，广泛的社交超过一定频率和范围，就会变成干涉生活的骚扰——鹿晓会讨厌他的。

起码，要等三个小时吧？

不知不觉，郁清岭又拆了一包曲奇饼，因为今天的多巴胺似乎分泌尤其不足。

他打开手机的闹钟，设置了倒计时秒表，终于满意地眯起了眼睛。

倒计时，2小时，50分，34秒。

鹿晓抵达约定的咖啡厅时，已经是下午两点整。

阳光照射在咖啡厅外的露天休闲椅上，五个身影正面对面而坐。四个男生，一个女生，他们全部穿着黑色的卫衣，卫衣上突兀地印着蓝色闪电的形状，与周围的环境格格不入。

"您好，请问是蓝脚工作室吗？"鹿晓试探性地打招呼。

五个人原本各自玩手机，一瞬间秒抬头。

鹿晓认出面向自己的那个眼镜男，就是在工作室楼梯口撞见，然后把她关在门外的那个！她顿时有种掉头就走的欲望。

"您好您好！"靠近鹿晓的女生慌乱地站起身来，对着鹿晓咧开一个大大的笑脸，"我是组长林简！"

鹿晓被她明媚的笑容感染，不觉也笑了："刚才在电话里没来得及问，你们找我是……"

叫林简的女生满脸惨淡，一把拖拽起眼镜男："这家伙叫瓶子，基于他之前对您愚蠢的行为，我是拎着他来跟您负荆请罪的，您可以揍他，只要留他一条命就可以了，我们可以公款支付医药费！"

原来蓝脚工作室是知名的游戏制作公司锋行游戏下属的一个小团队，蓝脚工作室从团队成立之日起，一直是处于亏损状态，"我家有个动物园"是这个小工作室独立开发的第一款没有亏本的游戏。锋行对下

第六章　寻找珊瑚鱼

属团队要求异常严格,如果这一款小游戏再亏损,他们这个团队就要面临解散的危机了。

"原本账面一直达不到预期,不过我们胜在省吃俭用,也刚刚可以平……因为你充值了四万七千元,我们第一次有了明显的盈利!"叫瓶子的眼镜男两眼放光,"您是我们小游戏里的财神爷!"

"那你之前还挂我电话。"鹿晓小声吐槽。

眼镜男拍桌道:"游戏的公平性绝对不能被破坏!这是我们游戏人的节操!"

林简一把拽开了瓶子,咬牙切齿道:"你闭嘴!你这个月绩效清零了!"

眼镜男无语凝噎,委屈地缩到了角落里。

林简重新扬起笑脸:"是这样的,我们的情况一直比较狼狈,您一周之前的四万七千元的充值,为我们带来了第一笔真正意义上的盈利,让我们渡过了解散危机。不过您之后三番五次打电话,再加上亲自上门……我们的团队成员因为害怕您提出退款要求,所以做出了一些……咳,丢人的举动。"

林简闭上眼睛叹了口气,重新微笑:"我们这次上门,除了想要道歉之外,还想要向您退回您的四万七千元钱。"

林简的目光很真挚,其余四个男生如同上了战场的哈士奇,相互瞪眼。

鹿晓看着统一着装的小团队,忽然有种预感,他们或许是带着必定解散的心态集体来到H市的。虽然每个人神色各异,不过大家的脑袋顶上明明飘着一个肉眼可见的"丧"字。

"可是……"鹿晓沉默了一会儿,笑道,"我不是找你们退款的呀。"

林简低头吸了吸鼻子:"没关系的,您不必为我们考虑。游戏是我们每个人选择的事业,我们愿意为它承担应有的责任,也承受得了选择带来的结果。我们……"

她一吸鼻子，其余四个男生像是斗败了的公鸡，忽然垂头丧气。五个人聚在一起，穿着相同的衣裳，像是落败的仪式，像是为了心目中的理想该有的模样而慷慨赴死。

鹿晓原本想笑，可是看见他们这状态，忽然心有所感。她只好再一次解释："我真的真的不是要退款啊。我只是想要一条珊瑚鱼，但是你们的客服说最讨厌我这种自以为是的玩家，不论充值多少都不会给我的。"

鹿晓憋笑道："我真的真的真的，只是想要一条珊瑚鱼。"

林简的嘴角抽了抽，擦干眼泪，扭头望向二哈脸四人组，冷笑道："所以，你们谁接的电话？"

第六章 寻找珊瑚鱼

Chapter21 砸锅现场

黄昏，鹿晓送别感激涕零的蓝脚工作室成员，独自坐上回公寓的出租车。一路鹿晓在车上百无聊赖地搜索着"蓝脚"，发现原来这是一种寄居蟹的名字。五彩斑斓的贝壳下钻出蓝色的小脚趾，拖着笨重的壳不断前行，只为了寻找最契合自己的那一枚小房子。

鹿晓莫名想到蓝脚工作室成员的眼睛，每一个人都是那么明媚，仿佛藏着全世界的星光。大概那就是追寻着自己的理想应该有的状态吧？

鹿晓随意拨弄着手机屏，点开相册，看见里面的照片心烦意乱，指尖仿佛被烫到，她飞快地锁定了手机屏幕。

"小姑娘，你说的公寓，是不是在前面路口左拐？"司机师傅的声音响起来。

鹿晓忽然回过神，望向车窗外时，夕阳照射进了她的眼睛，刺眼得仿佛灵魂也在被炙烤。她深深吸了一口气，对着师傅道："对不起师傅，麻烦去秋山医院背后的曦光小学。"

"还好你决定得早啊，不然前面就是单行线了。"

鹿晓歉意地笑了笑，低下头重新打开手机。

手机屏幕上是一张今天早晨新拍的照片：郁清岭蹲在地上抬眼看着小星，阳光从窗户洒射而入，把两个人盖在一层淡淡的光晕里，那是最美好的灵魂降落人间的模样。

车子飞驰而过，带着鹿晓的身体与灵魂越走越远。

车子抵达曦光小学，鹿晓才发现自己是个着急的傻瓜。明明黑白他们，包括于医生和郑静老师在内都还在SGC的实验室啊，她一个人到曦光小学有什么用？

好在她的SGC员工证还在身边，进入曦光小学畅通无阻。

她在操场上看那些阳光下的孩子，路过教室，望见任课老师一遍一遍不厌其烦地在教授着简单的词汇。新生入学教室门口，家长们三三两两地聚在一起，他们眼睛里的忧虑和希望重重交错，明明嘴上在笑，眼里却闪动着泪光。

这样的场景，在曦光小学比比皆是。

鹿晓从来没有像这一刻一样，真实地感觉到自己的身体周围渐渐被水流声充满，闭上眼睛，仿佛能够听见海浪在冲刷着礁石的声音，睁开眼仿佛能远眺那些在水里浮沉的人们。

这就是郁清岭想要了解的世界。

这就是郁清岭想要拯救的濒临沉没的孤岛。

鹿晓站在郁清岭曾经站过的位置，在风里给郁清岭打电话。

可是，电话响到第三声，郁清岭却没有接。

鹿晓穷目远眺，远远看见曦光实验组的成员从校门口进来，她兴奋地挂断了电话，朝着远处的身影招手："黑白——"

小队中的少年在原地站立不动，许久，他抬起了头，目光与鹿晓相接。

再没有比这样的灵魂碰撞更加美妙的事情了。

鹿晓飞快地跑下楼，站在黑白面前气喘吁吁，心情却前所未有的清明："黑白！帮我……帮我撤回邮件！"

也许这会让她错失一次站在秦寂身边的机会，可她不后悔。

绝对不会后悔。

SGC大楼，郁清岭眼看着电话响起来却又被挂断，睫毛颤了颤，整个身体埋进了窗台的阴影下。

就在半个小时前，下班时间，他设定的三个小时闹钟还差五分钟的时候，门铃突然响了起来。行政部的善芳主任笑靥如花，把一份资料塞到他手中："郁教授，恭喜您！曦光计划的初期进展非常顺利，协科方今早特地发来了项目阶段性计划。"

"这是……"

善芳笑道："明年曦光计划将会进一步推进，这是协科方收到的运

第七章 新年焰火

营候选简历。协科方认为项目交接十分重要,所以由您亲自挑选出初步的人选,之后他们再进行二次筛选。"

运营人选?

郁清岭接过资料,他其实一直不太接触科研以外的工作,包括和协科方的接洽工作都是由 SGC 的行政部人员以及商锦梨去完成的。不过事关曦光计划的顺利进行,挑选出合适交流的人,应该还是有必要的吧。

他抬头看了一眼时间,略微思索。

距离三个小时还剩下五分钟,应该足够他看完这一沓简历。

于是他低下头,认真地审视手里的简历名单。简历的主要构成是 SGC 两年以内新入的职员,一张张年轻朝气的脸庞,带着显而易见的进取野心。

郁清岭不喜欢那些长得具有攻击性的脸,他喜欢的是温和的、脆弱的,如小猫一样安静和柔软的人类。

比如鹿晓那样的。

他的心思一动,耳尖就开始发烫。

就像是摄入了内啡呔,明明血液流动速度过快,心跳却很平稳。

郁清岭的阅读速度渐渐放缓,简历文档越翻越后,忽然间,一个熟悉的名字出现在了纸上。他的指尖颤了颤,几乎不敢相信自己的眼睛。

鹿晓?

是了,她也是新入职员工。

窗外的车流声远得听不见,混沌中,他听见一个声音在心底低声说话,鹿晓她原本就和协科方有着千丝万缕的联系,她会离开,原本就是符合世界规则与规律的结果……

可是,还是觉得消沉。

明明是站在岸边,但是身体仍旧有一种浸润入海的错觉。

夜晚,黎千树推开 1102 房间门,遇见的是一团黑暗。

他心中警铃大作,却不敢开灯,只能打开手机上的手电筒 APP,往室内照了照:"老郁——你在不在?"

房间里安静一片,许久,阳台上传来一声:"在。"

黎千树在黑暗中拍了拍自己的胸口,一边抚慰自己活蹦乱跳的心脏,一边偷偷骂了一句。他穿过漆黑一片的室内,借着月光找到了阳台,果然看见阳台上灰暗的人影。

"怎么不开灯?不接电话?是不是出什么事了?"黎千树轻声道。

作为一个亚斯伯格症患者,郁清岭的病情一直非常稳定。他是一个很努力的好病人,懂得规律作息,懂得不厌其烦地去学习他所不熟悉的人际法则,他很少有这样的时候,除非是遇见了什么变故。所以一旦发现打不通他的电话,黎千树就匆匆忙忙从住处赶回了SGC。

"黑暗的环境能够增强我思考的敏锐度。"郁清岭的声音听不出情绪,淡淡地在夜色中飘散开来,"我想要更加冷静的大脑,来判别事物,所以没有开灯。"

果然,情况不太对劲。

黎千树屏息接近他,刻意放缓声音:"如果有思考不好的地方,你应该和我商量。你忘了吗?我是你的心理医生。"

郁清岭沉默。

黎千树终于接近到他的身边,低声笑道:"五年前,我研究生毕业,你的母亲给了我这份工作,到今天为止,我觉得我派上用场的时候屈指可数,经常收到存在意义的灵魂拷问。你能给我一个工作机会吗?"

郁清岭终于有了反应,他回过头,伸出手按下身边的开关。

一瞬间,阳台上的灯亮了起来,照亮了他和黎千树两个人。

黎千树悄悄松了一口气,因为他还愿意开灯,说明情况并没有他想象中那么糟糕。只不过他的眼里现在已经写满了显而易见的疏离,毫无掩饰,或者说他都懒得掩饰了……这家伙,根本就是放弃维持表面人际关系了,他露出了本来的样子,像是高天孤月,对这个世界全然没有任何兴趣。

第七章 新年焰火

"告诉我,你遇见了什么事?"黎千树低声道,"就当告诉自己的朋友?"

郁清岭微垂眼睑。

黎千树顺着他的目光,看到了地上躺着一沓纸。他敏锐地觉察到那是他今天反常的根源,于是在他的视线下把它捡了起来,放在手里阅读。

这是驻协科运营的简历单,很普通,看不出有任何异样。然后他翻到了最后一页,顿时一僵。

鹿晓。

他想他找到原因了。

▲Chapter22 失踪人口▲

翌日，鹿晓正常上班。

自从决定留在 SGC，她对 SGC 的一切都充满了归属感。楼道上消毒液的气息，昏暗的实验室里浸着的标本，储物间里文档散发的陈旧味，还有办公室窗台上的绿萝……鹿晓看见灰蒙蒙的绿萝叶子，心里闪过一点点异样的感觉。

她试探性地摸了摸叶子表面，果然，叶子上积攒了一层薄薄的灰。

郁清岭有洁癖，实验室的绿萝每天浇水还不够，他会在清晨时把绿萝的叶子也冲洗一遍，保证绿萝时刻鲜亮欲滴。今天的郁清岭……是忘记了吗？

很快，她的疑惑就有了答案。

时间一点点流走，郁清岭始终没有出现在办公室。

鹿晓独自对着空荡荡的办公室，频频走神——这家伙的生活刻板得可怕，几乎可以给他制定一张精确到分钟的行程表，根据他的时间安排，他今天上午应该留在办公室里，准备与协科的新阶段汇报——他会去哪里？

鹿晓尝试给郁清岭发短信：郁教授，您上午有别的安排吗？

郁清岭没有回复。

鹿晓无端端地想起了昨天那个没有打通的电话。

焦躁的感觉在指尖和键盘中弥漫。

时间指向十一点，午餐时间到了，鹿晓去楼下餐厅转了一圈，依旧无果。她没有黎千树的联系方式，于是干脆循着记忆去了黎千树的办公室，结果黎千树也不在办公室。

这两个人，约好的吗？

到了下午，郁清岭依旧没有出现。

鹿晓这才发现，郁清岭在 SGC 的存在感其实少得可怜，不在员工群，

第七章 新年焰火

不参与集体会议，整洁的办公室里没有一丝生活的痕迹，好像他一旦离开，整个人的存在感就会被消磨得一干二净。

等到第二天，郁清岭还是没有出现。

鹿晓原本以为郁清岭只是临时外出，万万没有想到，他是真的失联了。她开始拨打他的电话，可是他的手机已经关机了。

好在第三天黄昏的时候，她发现黎千树的办公室门开了，于是守株待兔，逮住了黎千树。

"郁教授，为什么请假了？"鹿晓问黎千树。

黎千树看见鹿晓，笑得有些疲惫："清岭他请了三天休整假期。"

"他去哪里了？"鹿晓问。

黎千树盯着鹿晓的眼睛，抛出了另一个风马牛不相及的问题："鹿晓，听说你为了给小星找珊瑚鱼，花了很大的力气。"

"是。"这关小星什么事？

"普通自闭症患者只遵从自己的内心，他们别无选择，而亚斯伯格却拥有非常细腻的自我情感理论体系。"

鹿晓不明所以，呆望着黎千树。

黎千树的眼神越发意味深长，他沉默片刻，才缓道："所以我猜想，清岭他是在提前尝试戒断你。"

"什么意思？"

"他知道了，你申请调去协科的事情。"

鹿晓走出 SGC 大门，脑海里仍然是一片混沌。她虽然早就有过撤回邮件计划翻车的心理准备，也想过它会带来的后果，比如想过郁清岭会发现，然后直接开除她这个不忠心的助手，或者秦寂直接到 SGC 拎着她去协科报到，万万没想到，现实会是这样的展开方式——郁清岭，他竟然像一个受了委屈的小姑娘一样躲起来了。

他再也没有出现，直到三天之后，元旦假期来临。

鹿晓心中堵着一块石头无处卸重，偏偏这时，员工群里发来通知，驻协科运营名单公布——总共有三名,她的名字赫然挂在最后头,还打了一个括号:备注:以上三名员工元旦之后请去协科人力资源办公室办理入职手续。

鹿晓第一次感到庆幸,还好还好,郁清岭不在新员工群里。

她给黎千树打了个电话,求助他:"黎师兄,你先不要跟郁教授讲啊!"

黎千树在电话那端笑得轻飘飘:"怎么,如愿以偿不高兴?"

当然不高兴啊!鹿晓咬牙切齿:"这只是个意外,是我当时没有考虑清楚。"

黎千树发出一声意味深长的"哦"。

鹿晓理亏在先,只能低声道歉:"替我向郁教授转达对不起,我……我最开始确实是怀着进协科的心思来的,但是我现在……我希望您不要跟郁教授讲,我保证,元旦之后我一定不会去协科入职的。"

黎千树道:"是吗?"

鹿晓感觉自己所有的话都打在一面软塌塌的棉花墙上,毫无效果,举重若轻。

"对不起,我……"

鹿晓急得手心出汗,呼吸也不畅通起来。

就在她以为还会听到黎千树更加冷淡的回应时,黎千树却忽然轻笑了起来。

"我当然不会跟他讲,他对人情世故一窍不通,不需要了解人类还有一种人际交往关系,叫利用。"

一句话,让鹿晓感觉遍体生凉。

黎千树这个人,每一次见面都好像不一样。现在的他一言一行间都带着巨大的恶意和赤裸裸的调侃,仿佛是在玩弄一个早已溃不成军的对手。可偏偏,她一个辩解的字都吐不出来,因为他说的是事实,她本来就是另有所图才进 SGC 的,她只是……只是不知道会在这里遇见这么

第七章 新年焰火

多孤独的灵魂,也从来没有想过自己也会成为另一个人的珊瑚鱼。

在遥远的研究院,黎千树挂断电话,望着漆黑的阳台,孤独站着的身影,叹了一口气。

从知道鹿晓要调去协科之后,郁清岭就一直这副模样,间歇性疯狂工作,间歇性陷入深沉思考。身为他的心理医生,黎千树不放心他独处,只能陪他住下,后果是把《星际迷航》看了六遍,已经快要吐了。

"清岭。"黎千树试着靠近他,伸手触碰他的肩膀,"还在考虑鹿晓去协科的问题?"

郁清岭的肩膀颤了颤,显然是对他的触碰有所排斥。这是他的正常生理反应,不过,他显然克制住了,没有反抗。

黎千树对他的反应很是欣慰,他尝试性地拽住他的手腕,把他从阳台上拖到室内的沙发上,倒了一杯红酒,塞到他的手里:"你有点儿冷,喝一点儿,会放松。"

郁清岭摇头:"不喝,影响思考。"

黎千树笑了:"其实这件事很简单,有那么大思考空间吗?"

郁清岭低着头,碎发盖住大半张脸,只露出苍白的鼻尖。

良久,他才缓缓道:"首先,鹿晓作为有自由意志的社会人,拥有对自己的职业和人生规划的权利,我……不能加以干涉。"郁清岭的指尖攥得发白,过了一会儿,他主动拿起了酒杯,合上眼灌了一口,"其次,我的病症需要相对独立的生活与生存环境,鹿晓的存在对我来说并不一定具备积极意义;最后,鹿晓在协科岗位上,能够与我更加通畅地沟通,对整个曦光计划有利。"

"既然已经考虑清楚了,为什么还要烦恼呢?"黎千树轻声问他。

"没有烦恼。"郁清岭抬起头,目光黯淡。他停顿了好久,才低声道:"只是……不高兴。"

"这是不合理的激素变化,我不知道该用什么激素调节。"

郁清岭低声做了总结致辞,然后端着酒杯一饮而尽,白皙的脸迅速变红。

他的目光渐渐迷离，一层薄雾覆盖上眼眸。

疑惑、委屈、迷茫、不开心全部写在脸上。

黎千树张了张口，第一次发现自己的语言能力如此匮乏，不知道如何安慰。要不是考虑到作为一个心理学硕士的专业素养，他其实更倾向于向他翻一个白眼，表达此刻他咬牙切齿的心情。

"其实，人类情绪很复杂的。"黎千树道，"你要学习的不仅仅是接纳世界，还要学习改变世界。不高兴分别，就想办法不分别。"

"什么……办法？"

黎千树老父亲般叹息道："女孩子啊，其实做决定都是跟着感觉走的，没有你想象中的那么多逻辑。"

郁教授闪着真挚的眼神抬头。

"喜欢就去追求，不舍就挽留，把你对她的心情表白给她。"

郁清岭眨眨眼，似是懵懂。

"你这个笨蛋。"

黎千树抛弃了职业操守，忍无可忍，朝着自己的病患翻了一个大大的白眼。

鹿晓踏着月色回到公寓，丧气地发现商锦梨也不在家。

她没有开灯，一路摸到自己的床，在床上躺成一个"大"字，任由脑海中唱歌跳舞的小人变成打群架现场。她觉得愧疚，早知道早一点儿向郁清岭坦白就好了，早知道不发送那一封邮件就好了，早知道不应聘就……

好吧，她并不后悔去 SGC 应聘，也并不后悔遇见郁清岭。

鹿晓在床上翻滚，敲了敲混乱的脑袋。其实这一切混乱都只是因为她对秦寂的执念，为什么当初会这么冲动？用这样迂回的方式去向秦寂证明一个愚蠢的议题呢？

鹿晓深吸一口气，在黑暗中翻到"金主爸爸"的通讯录，咬咬牙按下拨通键。

电话被接通，秦寂的声音传来："晓晓？"

"是我。"鹿晓有些慌，记忆中她主动拨打秦寂电话的次数屈指可数，忽然听见他和平常说话不一样的声音，她一时无措得忘记该说什么了。

秦寂等了一会儿，笑道："你是怎么知道我刚刚预订了跨年活动？"

"啊？"鹿晓一时懵懂。

秦寂道："老头大病初愈，坚持要趁着过年去山上庙里拜一拜去晦气。我刚刚订了玉山脚下的温泉酒店，元旦前一天晚上去，隔天上山祈福，还没来得及告诉你。"

"我……"鹿晓想说"我不想去"，可是还没说出口，就被秦寂打断。

"你三年过年没回家跨年了。"秦寂的声音冷下来，"我说，你这低沉期是不是久了点儿？"

秦寂道："所以，你打电话给我什么事？"

鹿晓陡然回神，认真道："驻扎协科的运营岗位……"

"我加的。"秦寂的声音慢条斯理，"前脚发邮件申请，后脚就用非法手段撤回，鹿晓，你在Z大念了8年书，就光学了这点儿本事？"

果然，黑白的邮件撤回其实是成功的，但是再有效的撤回也架不住人家守株待兔地等着。

鹿晓忽然觉得丧气，这原本是一场她和秦寂之间情感的博弈，没想到最终受到伤害的却是郁清岭。从头到尾想起来，整件事情其实特别蠢。

"明天我来接你去玉山，你可以向我解释你这么做的原因，能说服我，我就不逼你。"

一如既往的秦寂风格。

鹿晓沉默，秦寂也没有开口，电话两端就只剩下了呼吸声。

良久，秦寂叹息："好了，别别扭了，又一年了，还长不大？"

这一句却不是他惯有的风格，他的声音沉稳得让她陌生。

Chapter23 跨年夜

秦寂的车早早就在公寓门口等候。

鹿晓带着简单的行囊到驾驶座旁和秦寂打了一声招呼，犹豫了一下，还是拉开了车后座坐了进去。自从十三岁那年冲出环山公路车道发生车祸起，秦寂的副驾驶坐过他的历任女朋友，就独独没有坐过她。这么多年过去了，她几乎要忘记了秦寂开车的时候的侧脸是什么模样。

车辆开上高速，车窗外的景色飞驰而过。

忽然间，一包饼干从天而降，砸中了鹿晓的脑袋。

秦寂："吃早餐没？"

鹿晓握着饼干，小声答："吃过了。"

这回答显然出乎了秦寂意料，他沉默了几秒钟，笑道："我记得你从来不吃早饭，因为总能在我的抽屉里找到吃的。"

鹿晓本来有点儿久违的紧张，被秦寂的话题勾引得思绪翻飞，不由得勾起了嘴角。秦寂从小就是富二代浪荡子脾气，青春期的秦寂眉清目秀、桀骜不驯，惹了不少女生往他的抽屉里塞零食和告白信。那时候，她不喜欢吃家里的早餐，每天下了早自习就往秦寂的班上跑，从教室后门钻到他的座位上，偷偷从他的抽屉里翻吃的。

"吃太多零食不好。"鹿晓笑道，"那时候我胖得像个球。"

默契的零食投喂活动持续没多久，整个年级都知道了秦寂家有个妹妹是个吃货，于是那些女生干脆找她当信差，零食贿赂她，让她送信到秦寂的手里。她往秦寂班上跑得就更勤了……不过大半年工夫，她的体重就直线上升，变成了个扎扎实实的肉丸子。

"女孩子，胖点儿不容易招惹人渣。"秦寂悠悠道。

秦寂笑起来："事实证明这样确实有效果，你果然没早恋。"

鹿晓抬起头，在后视镜里看见了秦寂的笑眼。

一时间，紧张的氛围渐渐消弭，曾经的熟稔重新降临。其实她和秦

第七章　新年焰火

寂也是有过很好的相处时光的，如果没有那一场闹剧……也许，她会在毕业之后就听从秦爷爷的安排进入协科，做秦寂的左膀右臂，报答秦家这些年的关照。可是，感情好和感情太好之间，却有着一线微妙之隔。

鹿晓因为早恋话题，在车上走了神。

没有早恋，不是因为胖，是因为青春期后就一直暗恋他啊。

忽然间，秦寂的电话响了起来，惊扰了鹿晓翩飞的思绪。

秦寂原本和颜悦色，看见电话号码的一瞬间脸色却有些阴沉。不过，他还是接起了电话，只是声音有些冷漠："戴墨，我认识的你，可不像是会浪费时间的人。"

戴墨？鹿晓的心念一动，这不是秦寂那个"认真"的女友吗？

鹿晓还记得她一头漆黑的波浪长发，妖冶得让人神往。

那边不知道说了什么，秦寂忽然伸出指尖揉了揉眉尖："你不用道歉，我承认我和你分手是因为宋承明的介入，不过既然已经是事实，你就不用多言了，不论你们是否曾经交往或者是正在交往，都不用告知我。"

鹿晓竖起耳朵，一边唾弃自己的八卦心，一边小心偷听。

反光镜里的秦寂眉头紧锁，一副想发作却很苦恼的样子。

"你不要哭。"秦寂目视前方，转动方向盘，"不要哭，不要道歉，你的歉意我上次已经接受了。"

电话那端传来女人激动的声音和模糊的哭泣声。

秦寂开始揉太阳穴："你还是不明白，我和你分手是注定的结局，只是因为你的出轨，所以导致提前了而已。"

电话那端女人已经开始歇斯底里地吼，秦寂在怒气中挂断电话，恼怒地直接关了机。

果然昨天电话里的沉稳成熟都是骗人的。

玉山距离 H 城大约三个小时的车程，鹿晓在后座坐得腰酸背痛，不知不觉就睡着了，等醒来时，秦寂的车已经抵达玉山脚下。

玉山脚下有一个不算大的温泉酒店，叫华清场。酒店不大，占地却不小，穿过层层竹林，走过小溪湖泊，又上了一条小船。船夫在前头摇船桨，看着鹿晓与秦寂大约是错认为他们是情侣，忽然就开了嗓子唱起了歌："妹妹你坐船头……"

鹿晓被雷到了。

秦寂靠在船舷上朝鹿晓挤眉弄眼，显然是早有准备，乐得欣赏鹿晓失措的表情。

也不知道他带女朋友来过多少次了，鹿晓在心底暗暗地鄙视，移开视线，不想看秦寂耍宝。这里风景确实怡人，山川河流，竹林小舟，风吹动波澜传来阵阵林涛声，一切都宁静得让人神往。唯有秦寂，在船上摇摇晃晃，如同癫狂的哈士奇。

"别晃了！"鹿晓紧张得抓住船沿不敢动。

秦寂与船夫齐声笑了起来，秦寂说："只是因为你看起来闷闷不乐的，鹿晓，你真是越长大越闷了。"

"人总会长大。"就像小时候的鹿晓只是觊觎着他抽屉里的零食，而现在的欲求越来越多，多到她几乎要忘记自己究竟想要什么了。

"所以长大了的你在想什么？"

"驻协科运营……"

"到了。"秦寂打断鹿晓。

秦家爷爷终于可以喝酒了，兴奋得满脸通红，恶劣地找秦寂爸爸拼酒。他一杯，秦寂爸爸两杯，谁先倒下谁输。

鹿晓也点了一杯红酒，小口小口地抿。

秦寂在边上愣神看着，问："什么时候学了喝酒？"言语间显然不大高兴。

鹿晓干笑道："跟室友学的，不过酒量只有一杯。"她原本是一口都不能沾，不过商锦梨这货对生活情调讲究到了极致，就算是两个单身，也要摆上几根香薰蜡烛，再开一瓶好酒，碰个杯对饮。原本她喜欢用可

第七章 新年焰火

乐和她碰，被鄙视的次数实在太多，于是从一勺红酒的量开始尝试。

一勺又一勺，渐渐地，一杯也就不在话下了。

秦寂皱眉，叫了一杯鲜奶替了酒，道："你不喜欢酒味，最好就别喝酒了，孤身在外不安全。"

鹿晓一愣，笑着摇头："我平常不喝的，就在家里跟室友喝一点儿。"

秦寂冷眼："你以为你那个室友商锦梨是好人？"

鹿晓："啊？"

秦寂嫌弃得朝天翻白眼："她根本就是吃人不吐骨头的野兽，不是个东西！"

秦寂："搬回来，别跟她住，保持距离。"

鹿晓没憋住，低头笑出声来。关于商锦梨和秦寂的过节，她倒是听黎千树提起过。商锦梨的工作很特殊，简单说来就是商业领域的中介，曦光计划开始之初，秦寂早就对SGC的郁清岭教授和他的研究慕名已久，机缘巧合间接认识了专为这些业务牵桥搭线的女强人商锦梨，于是他花钱请商锦梨去协调促成曦光计划。原本一切都很顺利，商锦梨成功搭上SGC，并且谈好了所有合同条款，谁知签约当天她摇身一变，变成了SGC的特聘顾问。

"所以她是双料间谍？"那天，听了个漫长故事的鹿晓问黎千树。

黎千树笑道："商业间谍是犯罪的，商锦梨没犯罪，她从头到尾只是一个中间人，只不过协科和SGC双方都以为自己是钓鱼人，她是自己的钓竿，结果后来发现她是鱼饵，双方都是大鱼。合作还是要合作的，只是大家都伤了钱。"

于是秦寂和商锦梨的梁子就此结下，虽然因为曦光计划不至于老死不相往来，但是足以相看两厌。

"锦梨她只是在商言商，对我还是很好的。"鹿晓看着秦寂，笑着解释。

秦寂冷笑："能好到哪去？那种钻进钱儿眼里的女人！"

鹿晓心想，商锦梨已经以"包养费"为由，前后强迫她收了将近八十万，当作给她永远留一个房间的代价，秦寂大概不会相信吧……

商锦梨绝对不是喜欢钱，她是真的喜欢赚钱本身。

酒过半巡，秦家父子玩腻了相互斗狠，马不停蹄地开始玩孙子。

秦寂父亲听见关于鹿晓"搬回来"的话题，把秦寂从头发丝看到了脚趾，阴沉着脸道："今天早晨，有个女人打电话到家里的座机，说是你的女朋友，打不通你的电话。"

秦寂刚刚塞了一口鸡胸肉在口中，细细咀嚼，等到亲爹的目光已经开始冰冻，才缓道："不是女朋友，应该是前女友，您挂掉就好。"

秦寂父亲淡然道："人家女孩子说，你辜负了她。所以这么多年来，你就光学会了始乱终弃？"

秦寂又夹了一筷子冬笋："看您说的是哪个了，这一个绝对不是我辜负她，是她辜负我。"

秦爷爷红着脸悠悠道："哟？"

秦寂搁下了碗筷。

秦妈妈见势不对，一把按住了秦寂的手腕，夹了一块鸡胸肉放到他碗里，干笑："好了好了，大过年的，别相互戳膝盖了。爸，小寂难得回来……老秦你少喝点儿……小寂，你也老大不小，确实不应该辜负人家女孩子。合适的年龄做合适的事情，你也该找一个好女孩定心了。"

身为专用灭火器，秦家妈妈习惯性灭火三十年。

秦寂吃瘪，耸耸肩，又收回了筷子，慢条斯理地继续吃菜。

鹿晓默默缩起脑袋，她在秦家住了许多年，秦家家宴样样自在，只是随着她渐渐长大，所有的话题似乎都会朝向一个方向。

果然，秦妈妈安抚完毕秦家三代人，目光闪了闪，幽幽落在了鹿晓的脸上。

鹿晓连忙埋头吃饭，用行动告诉秦妈妈，千万别围"鹿"救赵！

"晓晓，三年没有回家过年了吧？"秦妈妈笑得和蔼。

第七章 新年焰火

"嗯……"鹿晓含糊其词，"研一开始，每年元旦都跟同学们做民俗研究……"

秦家妈妈煽风点火的能力已经炉火纯青，比起秦家男人的愚蠢挑衅还更有技巧。"你不在家里住的这几年，小寂也不常回家。"她温和的目光落在秦寂身上，"我虽然不知道当年你们俩之间发生了什么，让晓晓决心搬出去……不过看起来，并不是什么大问题，对吗？"

当年……鹿晓已经快把头埋进饭碗里。

秦寂笑道："当然不是大问题，小误会而已。"

鹿晓的心剧烈抖了抖，酸涩的感觉一点点弥漫开来。

当年真的是，一场尴尬的闹剧。

她在篝火晚会上借酒告白，清醒后只觉得天都要塌了，搬出秦家的时候理由是要独立，其实是窘迫得根本就不想见到秦寂了……三年的时间冲淡了许多感觉，可是当时的窘迫却仍然清晰地印在记忆里。然而那些对秦寂来说……确实只是一场小误会。

秦妈妈看见鹿晓的表情，温柔道："小寂，晓晓已经长大了，你想留晓晓在家里住，还有别的方法，不是吗？"

秦寂听出了话外音，皱起眉头："妈，你不要借题发挥，鹿晓是我的家人。"

"小寂……"

秦寂道："妈，你们也知道晓晓长大了，明知道结果却仍然隔三岔五提这样的话题，你们究竟是想让鹿晓留在家里，还是想让她尴尬得想留都留不下来？"

"秦寂！跟你妈怎么说话呢！"秦老爷子冷眼拍桌子。

秦寂拍了回去："从刚才到现在我说过几句话？你们扪心自问，你们次次鸿门宴，哪回担心她尴尬过？有你们这么当家人的吗？我一个人辛苦筑墙，你们集体拆墙是吧？"

秦寂的眼里没有了笑意，餐桌上的氛围一瞬间凝滞。

鹿晓又感觉到一点儿陌生,这样的尴尬局面与之前的针锋相对不同,仔细想来,不同的应该是秦寂的脸和态度。他是真的上火了。

"秦寂!"鹿晓急了。

秦寂冷眼扫过餐桌上每一个人,沉默几秒,忽然换上了桀骜不驯的老面孔:"晓晓,这片山林并不禁烟,要不要去楼顶放烟火?"

他挑眉,眉宇间一派玩世不恭。

"我后备厢里藏了三箱,还好上高速的时候没被当作军火商被抓。"

第七章　新年焰火

Chapter 24 焰火

酒店天台上放烟花的人不少，地上留有不少的印记，楼梯间的墙面上涂着斑斓的彩绘，彩绘上被人用油性笔写满了密密麻麻的字，大约是从前来过这里的情侣们留下的。

秦寂在远处摆弄烟火堆，鹿晓用手机照亮楼梯间，在墙角看见了一个小盒子。盒子里放着几支笔，还有一张纸条，纸条上写着：**不论贫穷富贵，不管前路有多坎坷，留下点儿痕迹，他日总能归来。**

有那么一瞬间，鹿晓也想在这里写上点儿什么，像上面的那些人一样。有些俗套的话语，明明字迹不同，重复率却高得惊人，大概有美好期待的感情，在每个人的心里都有着相似的归途。

可是她和秦寂呢？

鹿晓望着远处俯身摆放焰火的人，她其实并没有办法想象自己和秦寂的未来。秦寂在感情上无疑是个浪子，而她其实没有肖想过婚姻。

她和秦寂的感情，好像跟墙壁上那些……不太一样。

"晓晓！"秦寂摆放完毕烟花，远远招手。

鹿晓把手里的笔放回盒子，走到秦寂的身边，发现他的手里正拿着一个类似手枪的道具。

"这是专门点焰火的工具，这样用。"

秦寂扣下扳机。粗长的枪管端口冒出小小一粒火焰，莫名有点儿萌。

鹿晓本能地接过焰火，隐隐约约觉得有些不对劲，不论是否是情侣，这种情况不是应该男生点燃焰火，女生在旁边捂着耳朵吗？她盯着手里的长枪，愣了一小会儿，才蹲下身，把小火苗凑近焰火的导火线。

导火线被点燃出一个火星，飞快地蹿进了焰火盒子里。

紧接着是几秒钟的静默。

忽然间，焰火盒微颤，发出一声细微的"扑哧"声。

鹿晓呆滞了一秒钟，连忙抬头，望见漆黑的天空忽然绽开斑斓的烟花。起初只是小小一朵白色的花，下一秒便炸开七八朵不同颜色的，就在她以为烟花已经谢了的时候，第二重焰火炸裂出第三重，一整片天空忽然被烟花占满，一瞬间黑夜如白昼。

楼顶冷风猎猎，空气中传来浓重的烟味。

鹿晓第一次见到这样的焰火场面，忍不住有些恍惚。

这……并不是普通的焰火吧？

"是不是有种不一样的感觉？"秦寂席地而坐，黑夜中他的笑脸看起来一如少年。

鹿晓觉得指尖还有点儿发烫，也许是因为刚刚握着那个点火器太久了。她走到秦寂身边坐下，一时间谁也没有说话，气氛微妙得有些诡异。

"确实不一样。"鹿晓想了一会儿，小声回答。

记忆中的烟花就是漫天的斑斓和笑脸，今天是她第一次感觉到原来一枚烟花被点燃需要那么长的时间。火星沿着导火线燃烧，焰火盒发出"滋滋"的声音，颤动，发射，在黑夜里漫长的等待之后炸裂开绚烂的花朵。如此漫长，如此陌生。

秦寂看着她出神，笑道："很多事情需要亲自体验才会成长，你看，你连烟花都没有真正地感受过，却还想向我证明自己已经长大了？"

鹿晓惊讶："你……你怎么……"

秦寂嗤笑一声："商锦梨告诉我的，她说你暗恋我。"

鹿晓僵直地坐在天台边缘，脑海中一片空白。

怎么办？他知道了。

知道这些年来，她一直没有忘记那个篝火晚会，知道她一边拒绝他的好意，暗地里却偷偷地想走进他的视野。这些事情……她从来不想让他知道的，她只想有一天走到他的面前，让他自己去发现，她已经不是那个偷他抽屉里零食的小女孩。可是现在……怎么会变成这样的局面？

鹿晓死死低着头。

天台底下是下水管道，管道之外是凌空几十米高的楼层。

第七章 新年焰火

171

有那么一瞬间，鹿晓感觉自己站在万丈断崖前，她不知道自己是尴尬居多还是慌张居多，只知道秦寂如果再多说一句话，她可能会当场羞耻得爆炸。可是内心深处，却隐隐约约又觉得，这些年来，从来没有这样畅快过。

　　夜风凉得透骨。

　　秦寂面无表情，沉默许久，认真道："鹿晓，你喜欢我吗？"

　　"我……"

　　"和我交往两年，每天清晨见到的是我，入睡前见到的也是我，偶尔会有我的前女友们出现添个堵，中间我们也许会吵架，最终和好，两年后我们去领证，三四年后我们会有孩子，你将面对我，比你想象中更加长的时间……这样的以后，你有畅想过吗？"

　　鹿晓如鲠在喉，说不出话。

　　"所以你看，你从来没有想过未来。"

　　"我不是……"

　　"你想过什么时候跟我表白吗？"秦寂勾了勾嘴角，"你连表白都没想过，你的'暗恋'跟人生选择，甚至跟我本人其实并没有多少关系，不是吗？"

　　秦寂离开天台，鹿晓独自留下。

　　空气中仍然留有淡淡的烟味，恐怕要到明天早晨才能彻底消散干净了。

　　她坐在一地的焰火废墟中，有些迷茫，却没有想象中的伤心欲绝。就好像是满屋子的多米诺骨牌，她花了许多年，一点点把它搭建成一座城堡，然后被秦寂一根小小的指头戳掉了第一块，于是大厦倾倒，世界崩塌，虚幻的世界一夕之间只留下一堆残骸。她就坐在这堆残骸中间，回忆着这座大厦被创造时的光景。

　　不知不觉，时间流走。

　　她举着手机，摸黑走下寂静的楼梯间，再一次看见楼道里那些充满爱意的句子。

指尖抚摸那些文字，刚才路过时就觉着怪异的文字，现在看起来张牙舞爪，好像是在嘲讽她：你这个被拒绝了的失败者。

太阳穴隐隐作痛，绵延不绝。

鹿晓加快了脚步，离开楼梯间。不是因为难过，只是因为迷惘，因为她好像连难过都少得可怜。

深夜，鹿晓做了一场梦。

梦里好像又回到了多年之前，她正式在秦家住下的第一天。那时候母亲已经离家两年，父亲病重，瘦骨嶙峋，脸色惨白，他牵着她的手走进秦家，微笑着把她的手交到秦寂的手里，温柔地对她说："晓晓，以后在秦寂哥哥家住，要乖，知道吗？"

十几年前的车祸留下了轻微的脑震荡，很多儿时的记忆变成了碎片。

反反复复，支离破碎。

醒来时又是满头大汗，在夜深人静时呼吸都响得可怕。

鹿晓在黑暗中发了一会儿呆，打开床头灯，打开手机，郁清岭依旧没有回复微信。

微信上是一长串她发过去的小心翼翼的试探，像是一场独角戏。

鹿晓实在是心烦意乱，在通讯录里找了半天，找到了商锦梨的名字，按下拨通键。电话罕见地响了许久没有人接，最后的尾声，商锦梨才匆匆接起了电话，一声"喂"显得有些仓促。

"商锦梨。"鹿晓小声道。

电话那端一阵窸窸窣窣，片刻后商锦梨的声音响起："如果你是找我算账的，那我不承认我告密了。"

鹿晓暗暗咬牙，今晚实在是太乱，要是商锦梨不主动提，她都已经差点儿忘了这个吃里爬外的无间道！

"如果不是找我算账，嗯……我的咨询时薪两万，我勉强送你几分钟。"

第七章 新年焰火

鹿晓裹着被子坐起来："秦寂他……问我喜不喜欢他。"

"然后呢？你答应了？"

"没有，他并不是想要我的回答。"鹿晓深吸一口气，"他说我对他并不是恋爱对象的需求，他……好像拒绝我了。"事实上，秦寂做得比拒绝要高明得多，他直接从源头上否认了她对他感情存在的合理性，让她一个人陷入对感情的怀疑中，怀疑自己是不是真的对他抱有着期许。这样的斩草除根，要比拒绝来得更加剜肉见骨。

商锦梨似乎是在笑，呼吸一下一下喷在话筒上，传来时带着微微的凌乱。

过了一会儿，她悠悠道："鹿晓，其实我不觉得你喜欢秦寂。"

"啊？"

商锦梨道："我认识秦寂一年半，他换过四任女伴，但我从来没有见你为此消沉过，进SGC长时间不见秦寂，也没见你多想念。"

"那是因为我不是他女朋友，我无权干涉……"

"可是鹿晓，喜欢一个人，怎么可能要等到正式交往才开始培养情绪？"商锦梨道，"一年前，我和秦寂商量曙光计划，他的一个前女友冲了上来差点儿撕了我的衣服，在餐厅哭得惊动了警察。按照你的逻辑，是不是分手以后就走出'交往'状态了？那个女的神经病吗？我倒感觉，喜欢秦寂，要追求秦寂，就像你给自己的人设一样。"

商锦梨的语速不快，在宁静的夜里，她的声音一字字尤其清晰。

"人设？"鹿晓懵懂地重复。

"我猜，他问你喜不喜欢他，然后你答不出来是不是？"

"我……"

"好了，咨询到此结束。"

电话就这样挂断，但鹿晓的思绪在悠长的黑夜里，仍然没有停止。

▲ Chapter25 祈福 ▲

清晨来临，鹿晓跟着秦寂登玉山祈福。

秦家老爷子每一年的跨年夜都得在这儿，新年第一天的保留节目是上玉山顶的寺庙祈福。这些年老爷子年纪大了，秦爸爸又是崇尚科学、坚持唯物主义的现代化中年，打死不肯涉足宗教场所，于是这祈福重担便落在了秦寂的头上。

鹿晓跟在秦寂身后，看着他的背影，仿佛看见了十几岁的秦寂。那时候的他专挑荒山野路上山，还美其名曰让菩萨多看一看我们克服艰难险阻、诚心上山的模样，于是清晨出发，到山顶已经是日上三竿，下山时两个人灰头土脸，手脚尽是泥污。

现在的秦寂已经不再年少气盛，他规规矩矩地走在上山的石级上，如同一个小老头儿，不紧不慢地走在几十步开外的地方。鹿晓跟在他身后，因为沉默而尴尬，因为尴尬而体力突破极限，一口气儿上到了半山腰……

"昨晚睡得好吗？"到了半山腰凉亭，秦寂终于回头。

鹿晓扶着栏杆大口喘气。

她感觉自己快死了，刚开始只是尴尬得不知道说什么好，毕竟昨天才被发了好人卡，后来是已经体力透支，连叫秦寂的力气都没有了。

秦寂递上一瓶矿泉水，拧开了盖子递到鹿晓面前。

鹿晓接过来灌了几口，感觉刺骨的冰凉从嘴里一直漫延到胃里，浑身一个激灵，总算活过来了。

"怎么样，运动后舒服多了吧？"秦寂脸不红气不喘，看着鹿晓眼里含笑。

鹿晓捂着肚子蹲下身，感觉还是不够纾解疲惫，干脆席地而坐。她知道秦寂是在看她，也知道秦寂一定是气她一路沉默才故意折腾她，可是她什么都说不出来，只能靠在凉亭的栏杆上继续大口喘气。

第七章 新年焰火

"想通没？"秦寂问。

鹿晓不知道怎么回答，只好移开视线，又灌了几口水。

秦寂站在她身旁，忽然朝远处群山喊了一声："今天天气真适合欺负人啊——"他夸张地伸了一个懒腰，活动活动筋骨，回头看鹿晓，"天气这么好，我们走一走不寻常的路？"

他是故意的。

鹿晓阴森森地看着秦寂的西装西裤，不敢相信他竟然还想抄野道。

可是他是秦寂。他在远处转了个弯儿，拨开层层枯黄的灌木，猴子一样地钻了进去。

神经病啊！

鹿晓刚刚喘过气来，只好勉强跟上他的步伐，狼狈地钻进灌木丛里。这种奇怪的事情，她已经三年没有做了，她一边踩着乱石，一边尽可能地抓住周围的树枝，不让自己摔下去，脑海里只有一个念头：为什么三年后还要跟着年过而立的秦寂做这种愚蠢的事情？

秦寂就在前面，整洁的西装西裤，价格不菲的皮鞋。

半小时后，这些东西都变成了泡影。

鹿晓比他好一点儿，毕竟她可以沿着他已经开发完毕的小间隙往上爬，她的问题是手心被粗糙的树枝磨破了皮，热辣辣的疼，半路还扭伤了脚，她憋着没出声。当看到层层灌木的尽头，通往山顶的小道重新出现在她面前时，鹿晓简直激动得想哭。

阳光照射下来，她感觉脸上有点儿痒，摸了摸发现自己真的哭了。

秦寂回过头时，看见的就是她傻瓜一样站在路边掉眼泪的模样。他从来不是体贴的那一类人，所以看见她哭，只是站在原地眯起眼睛笑了。

"哭什么？"秦寂问。

鹿晓伸出袖子擦眼泪，张了张口，才发现喉咙有点儿哑："累。"

"只是累？"

"手疼，脚腕也疼，口渴。"

"只是这些？"

鹿晓累得已经两眼发黑，昏昏沉沉间好像看见了昨夜的烟花又在眼前炸裂。尴尬被疲惫消耗殆尽，剩下的就是无名的火气，再也抑制不住，于是她摔了矿泉水瓶，咬牙切齿地豁出去了："我还没准备好表白，你就自己撕了窗户纸……撕了就算了，你还给我发好人卡……你发完好人卡，你还故意整我……"

秦寂的可恶，在于他从来不给对手留下半点儿余地，要杀就是片甲不留。

哪怕对手想要当一只息事宁人的乌龟，他都不给丁点儿机会。

鹿晓就是那只乌龟，被秦寂捧上了山巅，然后丢到地上，壳子碎得四分五裂，秦寂这个罪魁祸首还在问她"哭什么"。

"我本来就是个浑球，你又不是不知道。"秦寂笑起来，眼里有如释重负的温度，"不过我觉得明明没那方面的感情，却还装深情的某人更浑球。"

"我没有。"

"那我答应跟你交往，你愿意吗？"

"啊？"

鹿晓一时间不敢相信自己的耳朵，呆呆地看着秦寂。

秦寂的表情很认真，不像是开玩笑的样子，他竟然就这样轻轻松松地把这话说出了口。而她，不知道怎么回答。

这些年来一直在期许的事情终于有了实质性的发展，不论如何应该高兴才是。可是身体里好像除了慌乱什么都没有，没有想象中烟花绽放的激越心跳，也没有苦尽甘来想要亲近的喜极而泣，只是慌乱，和随之即来的无措和茫然。

短短的几秒钟对峙。

鹿晓发现自己一点儿都不喜欢这种被强势的灵魂碾压的感觉，她所期许的灵魂伴侣，应该是更加温柔的存在，就像江淮五月的空气，被风

第七章 新年焰火

吹过的树叶，而不是像现在这样强势得仿佛要把她的灵魂碾碎，那么恣意而又狂妄。

可是秦寂就是这样的人，他从来没有变过。

是她一直忽略了很多东西。

"对不起。"鹿晓感到脱力。

秦寂缓缓笑起来："所以你看，你也不愿意，对不对？"

鹿晓低下头。

"你的脚刚才崴了吧？"秦寂向她伸出手，"我背你吧，像哥哥背妹妹那样。"

距离山门还有五六十米，青石板绵长绵长的，通往前方。

鹿晓趴在秦寂的肩膀上，感觉自己心里压着的石头已经消失得看不见。于是，理智回到身体里，她戳秦寂的肩膀："我刚才如果答应了怎么办？"

秦寂的脚步微停，又悠悠走起来："晓之以理，动之以情，坚决拒绝，不行就挥刀自宫。"

鹿晓在秦寂的肩头翻白眼，再戳："我不想去协科，你重新选运营，可以吗？"

秦寂道："可以，只要你不是闹别扭。"

鹿晓再戳："我想留在 SGC，完成曦光计划，不想重新找工作。"

秦寂道："可以，如果你已经找到了自己想要做的事，那就去做吧。"

鹿晓再戳："那你能不能让协科人事部发封邮件给郁教授，就说名单是统计错误，其实我根本没投过简历啊。可不可以？"

"我现在就把你这个吃里爬外、得寸进尺的浑蛋扔下山去，可不可以？"

山上的古刹仍笼在薄雾中，空气微潮，袅袅香火在空中缓缓蒸腾。

秦寂点了一炷香，在香炉前俯首闭眼。他明明西装凌乱，满头大汗，明明是一副浪荡子的样子，可是低头行跪礼时却安静而又虔诚。

阳光冲破薄雾，照射在秦寂身上，把他额角鬓间的汗珠照得晶晶亮。

这画面其实有些诡异。

鹿晓一直很难相信秦寂是一个虔诚的信徒，他好像从十几岁起，就莫名其妙地随了秦老爷子。

每次看他一丝不苟地完成每一步仪式，她都不禁好奇，秦寂他这样一个人跪在大佛面前，究竟是心有所归，还是心有所求呢？

"你来。"

秦寂已经礼跪完毕，又新点了一份香火，塞到鹿晓手里。

鹿晓顺手接过，笑问："要闭眼许愿吗？"

秦寂难得认真，道："感恩生命延续，祈福来年健康，愿心上人能久居喜乐安康。"

鹿晓听得发愣，讪讪道："你这样我很不习惯。"

"起开。"

鹿晓抱着香去祈福，她不像秦寂那样会在香炉前叩拜那么久，比起香炉，她更喜欢往广场的许愿池里投硬币。这座古刹的许愿池很别致，是一个大缸，缸里头放着三块石头，石头上分别刻着"福""禄""寿"三个字。人从水上把硬币扔下去，硬币在浮力下晃晃悠悠，极难正好落在福禄寿三石上。

鹿晓没有硬币，拿了一张一百的纸币，问缸边的管理员兑零钱："二十块。"

管理员道："供奉不找零，姑娘你有二十的就给我二十吧，否则我也只能给你二十个硬币。"

鹿晓翻来找去没有零钱，于是道："那给我一百个硬币。"

管理员脸色复杂，好久才拾掇了一个袋子交给鹿晓。鹿晓于是提着一百个"叮当"响的硬币，开始往缸里投。

第一枚硬币投中了"寿"，她就许愿：愿秦家爷爷能够长寿健康。

第九枚硬币投中了"禄"，她就许愿：愿曦光计划顺利，秦寂赚得锅满钵满，孩子们能够改善病情。

之后一直到七十枚，"福"字始终达不到。

鹿晓干脆最后三十枚齐刷刷投下水。硬币在水里漂荡得像无数只河蚌飞舞，她也不管是否投中了，扶着缸沿许愿：菩萨保佑，郁清岭可别再闹别扭了！那样一个纯粹的人不应该因为一个欺骗而被伤害，如果可以，她愿意去做一条珊瑚鱼，陪他去打捞深海里的星星们。

一百枚硬币，耗时太久。

秦寂在边上望着鹿晓专注投掷，久候无果，干脆掏出了手机拨了个让他很厌弃的电话号码。

"商锦梨。"秦寂皱眉，"你去跟SGC方沟通，把鹿晓的名字从运营名单里抹了，找个人代替她。"

商锦梨在电话里笑："怎么，你们剪不断理还乱的关系，终于梳理清楚了？"

"不关你的事。"秦寂冷道。

商锦梨："你不说我也知道，刚才鹿晓偷偷给我发短信，告诉我过程了。"

秦寂："看不出来，你是这么无聊的人。"

商锦梨虚伪地娇笑："八卦是女人的天性。"她话锋一转，悠悠道，"不过我很好奇，你竟然说想要跟她交往，万一鹿晓答应了，你该怎么办？"

"你真的很无聊。"秦寂挂断电话。

他抬眼看了一眼鹿晓，脸上写着显而易见的兴奋。

如果她答应，大概……他也会将错就错吧。

呵，这个世界上哪来那么多如果。

于情于理，这就是最好的可控结局。

许愿池边，终于把一百枚硬币尽数扔进了大缸里的鹿晓，默认菩萨已经听见了自己的许愿。

忽然，手机响了起来。

她看见手机屏幕上跳跃的"郁呆萌"，顿时心跳漏了一拍。

天……这么灵吗？

鹿晓深吸一口气按下接听键，在心里打定主意——等下一定要再去香炉前磕几个头！

电话接通，鹿晓心跳如雷。

电话那边没有人出声，在短暂的几秒静默后，一段清淡的音乐悠悠地响起来。

"郁教授？"鹿晓小声地叫了一声。

依旧没人回应。

音乐声透过电波信号传递到山巅，过了一会儿，一个细软的童声缓缓飘荡开来。

Chapter 26 心似海洋

日上三竿，阳光终于彻底穿透山间雾霭，古刹里香烟袅袅，香客们络绎不绝。

鹿晓的世界安静得如同在云端。

她想要听清手机对面的声音，却始终听不清，只能听见一些稀薄的歌声。刚开始是一个很细小的女童音，渐渐地许多个不同的声音交织成一段婉转的旋律，从手机的听筒里传出来，好似柔软的风从耳边拂过。

这是……小星的声音？

鹿晓迟迟回忆起，最初的那个比云朵还要柔软的女童音，可是还来不及开口问询，电话就忽然被挂断。几秒之后，郁清岭的微信头像在她的手机里亮起。

郁清岭：曦光小学的表演。

郁清岭：新年快乐，鹿晓。

失踪人口终于出现了！

可是为什么曦光小学有跨年活动而她不知道？

她想了想，回复微信：表演是今天吗？郁教授你没有通知我……顺带发了个期期艾艾的表情。

郁清岭这个失踪人口连一句话都不想跟她说吗？所以干脆用短信形式告知她：你这个叛徒，我们不带你玩了！

鹿晓有一种被全世界背叛的失落感。

郁清岭回复：我打算下午1点整邀请你。

鹿晓：为什么？这还有讲究？

郁清岭：因为你可能要与家人一起跨年，所以不应该提前占用你的时间。而且二十几岁的女孩子，喜欢的是不期而遇的惊喜，收到惊喜，身体分泌多巴胺会比平常高20%。

鹿晓用上了做阅读理解的力气去仔细揣测郁清岭的每一个字。郁清岭是一个单纯得像白纸的人，还学不会阴阳怪气、指桑骂槐，所以他要表达的应该就是字面意思——听这口气，好像没有生气？

与其说是生气了，不如说是被人给骗了。

鹿晓思来想去，问：这些理论，有谁教过您吗，郁教授？

郁清岭回复慢了半分钟，信息迟迟发来：千树。

郁清岭：表演开始的时间是下午4点，现在是12点，时间点并不合适。但是我违规了，我很想，快些和你恢复沟通。

鹿晓读过每一条信息，仿佛能够听见他说这些话的时候的表情和口吻。

他的语调清晰而又笨拙，认真得像是在做学术交流，或许偏灰的眼眸里还会盛着一点点迷惑和不安。

手机有些凉。

鹿晓迷迷糊糊地想，要不然，就是我的指尖太烫了，心跳也有些失常。

她在许愿池边发呆，看见秦寂向自己走来，才恍然回神问他："秦寂，我们回H城要多久？"昨天她在车上睡着了，根本就不记得过来花了多久。

秦寂用看傻瓜的眼神看她："三个小时。"

鹿晓心虚地问："如果我现在马上回程……三点之前能到吗？"

都是黎千树坑的，他就那么肯定她会留在H城吗？这里距离曦光小学起码一百公里啊！

鹿晓火急火燎地赶到曦光小学的时候，正好是3点50分。

她下了秦寂的车直冲校区礼堂，无比庆幸今天为了上山祈福特地换了一双运动鞋。

学校里面空荡荡的，只有保安还在巡逻，所有的家长与学生都已经聚集到了礼堂里。

第七章　新年焰火

因为是特殊学校,所以曦光小学的礼堂与一般学校的不同,礼堂内的光线与普通教室一样明亮,座位与座位之间保持着相当大的距离,保证每一个孩子都能在熟悉而又舒适的环境里欣赏台上的演出。

鹿晓埋着头在人群中穿梭,却怎么也找不到熟悉的身影:小星、小河、黑白、天倾、唐宋,还有郁清岭,他们一个个似乎根本就没在礼堂?

"鹿老师?"一个熟悉的声音响起。

鹿晓停下脚步,发现了坐在人群里的明熙和明熙妈妈,于是笑着打招呼:"好久不见。"

明熙妈妈的脸上有些尴尬,撞上鹿晓的目光,充满歉意地笑了:"鹿老师,我一直想向您和郁教授道歉,之前第一次见面的时候,我的情绪太激动了,给你们造成了困扰。"

鹿晓连连摇头:"没有没有!是我们没有帮上您的忙,应该表示歉意。"她看了一眼明熙,想起之前他癫痫发作时的可怕场景。现在的明熙看起来已经好了很多,安静地靠在妈妈怀里,专注地玩弄着她胸口的纽扣,既没有抬头,也没有出声。

"别这么说,鹿老师。"明熙妈妈眼里露出柔和的光,"我听说,您在郁教授的实验中和小星相处得非常愉快。我现在就希望曦光计划可以快一些普及到每一个孩子,这样的话,小熙或许有一天可以生活自理,或许还能去上学、考试、工作。"

熙熙攘攘的礼堂里,明熙妈妈温柔的声音其实有些模糊。

鹿晓无法把她和之前在医务室歇斯底里的躁郁的女人联系起来,看见她柔和的微笑,一时间难以分辨那是哀伤还是希冀。

谈话间,零碎的几个音符忽然间飘荡而出。

礼堂前方的帷幕渐渐拉开,露出一个宽广的舞台。舞台上站着二三十个孩子,侧边是一架白色的钢琴。音符正是从这一架钢琴里传出的。

这一方舞台没有绚烂的灯光,黄昏的斜阳透过玻璃屋顶,投射在舞台中央，暖黄色的光如同一层薄纱，笼盖在每一个孩子毛茸茸的头顶。光晕冉冉中，白色钢琴前的身影微微躬身，朝前方的人群颔首，下一秒，更为流畅的音符从他的指尖倾泻而出，洋洋洒洒，乘着暖光飘散。

郁清岭？

鹿晓终于看清了钢琴前的身影，惊讶得忘记了呼吸。

郁清岭身穿黑色的西装，漆黑的短发微长，柔顺地贴在耳际。他没有看任何人，颀长的指尖飞快地在黑白琴键上跃动，曼妙的音乐就从他的指尖如小溪清泉一般流淌出来。没有扩音，没有乐器混响，仅仅是最淡薄灵巧的钢琴音，轻轻地环绕。

礼堂内所有人都安静下来。

鹿晓独自站在礼堂的中央，愣了好久，才发现自己没有座位。

她屏息低头，悄悄往侧边的空位走，这时，舞台上的第一声音符响起来。小小的，怯怯的，柔软得像是云朵的女童音，伴着钢琴的节拍哼出一段轻渺前奏，前奏过后，女童声柔柔地哼唱："小小的光亮，就足够在黑暗中指引方向。微微的眼神，却能够推开孤单得到温暖……"

唱歌的是小星，她穿着白色的纱裙，站在人群中央，小小的个子抱着高高的话筒。

"多希望我是盏烛光，在你需要时候发亮。"

"我的心是一片海洋，可以温柔却有力量。"

渐渐地，齐声哼唱的人越来越多。

孩子中有些人的面部表情因为疾病而无法自我管理，不同的表情，稍乱的状态，喉咙内发出的声音却逐渐汇聚成河，在礼堂中绵延不绝。

夕阳就这样落下。

金色的尾巴停留在舞台上，环绕着每一个孩子，落在钢琴旁，在郁清岭的侧脸上印出淡淡的金色的印记。

第七章 新年焰火

他有时微微侧耳,优美的颈线就露在金色的光泽下,恬静得像是意外绽放的花。

鹿晓依旧呆呆地站在原地,等到回过神来时,已经是泪流满面。

她无比确信,如果说这个世界上有一种声音能够直达天堂,到达神明的身旁,那必定是此时此刻的歌声。

"很美吧?"黎千树不知道什么时候走到了鹿晓身旁。

鹿晓擦干了眼泪,语气疏远:"黎师兄。"

她有充分的理由相信,郁清岭忽然消失不见,这只笑面虎一定在背后不知道拾掇了多少事情。

黎千树对鹿晓的小动作了然于眼下,低头笑出声来:"鹿晓同学,还生气?"

"没有。"

黎千树笑道:"是你自己投简历在先,老郁知道是因为行政部的名单通知,我可什么都没有做。"

"没有生气。"

"明明生气了。"

黎千树眨着眼睛,满脸委屈。

鹿晓默默后退几步,已示保持距离。她看不懂黎千树,这个人顶着一张笑面虎似的脸,所做的每一件事都奇奇怪怪,翻脸好比翻书。保险起见,谨慎结交。

黎千树可怜巴巴的表情只是持续了几秒钟,见鹿晓没有搭理的迹象,于是又收了起来,换上一派温柔的表情。

"怎么,清岭准备的这一场演出不够惊喜吗?"黎千树问。

一点儿也不惊喜。

鹿晓在心里回答,至少这样的惊喜远远不足以弥补过去几天和郁清岭失联带来的彷徨。

她好几个晚上辗转反侧,却不过是黎千树的一个游戏?他到底在干什么，他到底想干什么，她一点儿都猜不透。

舞台上的歌声已经悄然停歇，巨大的幕布渐渐落下。

鹿晓独自跑到后台，留下黎千树在原地目送着鹿晓离开。过了好久，他才收回目光，低头无奈地笑了笑。

"老郁啊老郁，"黎千树低声叹息，"扮黑脸迟早要遭报应的……"

舞台后，家长们纷纷认领了自家的孩子，男男女女围成一堆，有人兴奋低语，有人悄悄抹泪。

鹿晓在熙熙攘攘的人群中穿梭，有一种奇怪的错觉，她是去认领郁清岭的……她有些焦急，脚步越来越快，因为她知道面对这样繁杂的人群和躁动，郁清岭他应该很不舒服。

终于，她在舞台的最深处看见了一个熟悉的影子。那是一个黑色的身影，靠着墙面独自站立，似乎是想尽可能地把身体埋进黑暗里，可偏偏他是那样醒目，只一眼就能让人锁定他的身影。

"郁教授！"鹿晓挤开人群，终于走到他身前。

郁清岭脸颊边挂着细细的汗珠，抬起头来时，他竟然勾了勾嘴角，露出个苍白的笑容来。

"你……没事吧？"鹿晓不敢确定，小心地触碰他的手腕。

郁清岭眼睛也湿漉漉的，吃力道："可能需要，稍微安静一会儿。"

鹿晓发现自己居然有点儿被萌到了。

本来已经设计好许多个先发制人的问题，让他内疚失联的不道德行为，然后再逼他承认是自己考虑不周，然后借机悄悄略过投过简历这种无伤大雅的问题——可是现在只是看到他，却已经感觉……下不了手了。

他明明已经那么狼狈了，还要被黎千树坑。

实在太可怜了。

于是鹿晓伸出了手，勾了勾他的手腕："郁教授，需不需要我扶您离开这里？"

第七章　新年焰火

郁清岭缓缓摇头,轻声道:"不用扶。"

郁清岭好像很是为难,踟蹰良久,忽然睫毛飞快地颤了颤。

忽然,鹿晓感觉到一阵冰凉,那是郁清岭的指尖,触碰到了她的手腕。

"郁教授?"鹿晓茫然地看着郁清岭。

因为是郁清岭,所以也并没有觉得被冒犯。所以眼睁睁看着那只弹钢琴的手就那样沿着她的手腕,轻缓滑过手背,最终勾住了她的指尖,虚虚握成了一个类似牵手的姿势。

之所以是类似,是因为实在太轻了,就像蝴蝶翅膀,毫无痕迹。

下一秒他的指尖微微收拢,冰凉的触觉贴上了鹿晓的掌心——

"郁教授……"

一瞬间,冰凉穿透到肤里,激得心跳如雷。

Chapter27 悠悠我心

郁清岭的手冰凉而又濡湿，指骨细长，并不柔软，牵手的时候有一种空落落的错觉。

鹿晓被他牵着手一路走到教学楼的天台，脑海里还是一团糨糊。所以当郁清岭停下脚步看着她的时候，她第一反应是，完蛋了，是不是要清算她吃里爬外，偷偷给协科投递简历的事了……

然而郁清岭什么都没有说，他只是松开了手，望着鹿晓的眼睛，有些苦恼地皱起了眉头。

"鹿晓。"他似乎是想了想，才出声。

鹿晓心虚地想要扒开地缝把头埋进去。

如果此时此刻面对的是秦寂，她还有勇气嘴硬说自己的行为本来就是合乎 SGC 政策的，可是此刻她面对的是郁清岭——那个单纯得近乎懵懂的亚斯伯格症患者。

她知道自己理亏，只能低着头道歉："郁教授，对不起。"

郁清岭的手落在了她的发顶，连同着消毒液气息一起浸润了她周围的空气。

鹿晓等了许久都没有等到责备的话语，鼓起勇气抬起头，却发现太阳不知道什么时候已经落山了，漫天的晚霞把郁清岭的侧脸也染成了锦色。他就站在距离她半步之遥的地方，带着一点儿疑惑，一点儿迷茫，似乎就是在等着她按捺不住抬起头的这一刻。

他没有生气。

非但没有生气，竟然还微微笑起来，长长的睫毛投射出一片淡薄的暗影。

鹿晓只能根据对他不多的了解去揣测，然后得出结论。他没有生气，却依旧不对劲。

无数思绪在脑海中翻飞辗转。鹿晓觉得自己可怜的脑细胞已经不够应付郁清岭的状态,她看见他垂下眼睑,仿佛纠结了许久,忽然飞快地从随身的口袋里掏出一小张卡片来,双手递到了她的面前。

"这个……给你。"郁清岭认真道。

鹿晓接过卡片,翻来覆去地看了下,发现那不是卡片,是一张全新的影碟——《星际迷航》影碟。她都已经不记得多久没有碰过类似的光盘了,电脑也已经没有光驱很多年,于是她抬起迷惑的眼睛:"谢谢……"这是他知道了她要去协科的事情,在用自己的方式送行吗?

"鹿晓,我很高兴。"郁清岭的声音很单纯。

鹿晓硬着头皮开口:"郁教授,对不起我瞒着您向协科递了申请……是我没考虑清楚,您其实不用跟我告别的,我……"

我其实早就反悔了?鹿晓说不出口。

更重要的是她发现现在的局面难堪,郁清岭居然走了神。

他似乎很不安,几次微微张口却没有吐出声音,就像一个站在黑板前的孩子,局促、不安,眼里带着明显的慌张与烦恼,却一个字都说不出来,只能呆站在原地——然后,他在她的目光下非常认真地摇了摇头。

"不是告别。"郁清岭低沉道。

"什么?"风太大,鹿晓没有听清郁清岭低软的声音。

"不是告别。"郁清岭认真地重复,盯着鹿晓的眼睛一字一顿道,"是告白。"

"告白,是指人类基于荷尔蒙与多巴胺的分泌与需求变化,向另一个人类提出以情感为交换的陪伴祈使申请。"偏灰色的瞳眸映衬着夕阳,随着他越来越自如的语言而越发明亮,"我对你,提出情感申请,鹿晓。"

"郁教授……"

鹿晓怀疑自己的听力是不是出了什么问题,或者是自己在梦游。

郁清岭却浑然不觉,他专注异常:"我需要你的存在,基于情感需求。请问,你能给予我回应吗?"

这……太荒谬了……

第八章 亲吻的手势

鹿晓试着掐了一把自己的手心，疼痛的感觉依旧不能打消眼前的诡异局面。

她不知道短短的几天分别，究竟出了什么事情，可是眼前的郁清岭显然没有一个地方是对劲的。他明明单纯得像一张白纸，在这种时候却勇敢得像一个单刀直入的勇士。没有试探，没有似是而非的暧昧，他就站在对面，真挚地抛出了他的论调。

他在等着她回应，虔诚得如同一个朝圣者。

鹿晓的心跳也渐渐失控，热气在蒸腾，心底却有一个声音反复在提醒她：这不对劲，这几天一定发生了什么事。

"郁教授，今天的这一切，有人教过你吗？"鹿晓轻声问。

郁清岭的眼里闪过不满，大概是因为没有得到肯定的答复。不过，他还是乖乖回答："千树。"

微荡的血液渐渐冷却。

鹿晓只剩下渐渐生长的怒气，对自己，对黎千树，却唯独没有对郁清岭的。

"对不起。"她艰难地找回了自己的声音。

"语言艺术中，对不起能够涵盖绝大多数的拒绝语境。"郁清岭迟疑道，"是拒绝我的意思吗，鹿晓？"

他的声音几乎让人心软。

"对不起。"鹿晓落荒而逃。

第二天鹿晓上班，发现大楼里的人看自己的目光都有些诡异。

她已经在SGC入职四个月，虽然没有朋友，不过作为郁清岭教授的私人助理，认识她的人其实不少。从大门口到电梯口，所有人看向她的目光都带着一点儿微妙和……同情？

她像一只裸奔的猴子一样，在众人难以言说的目光中走出电梯，走进了办公室打开电脑，迅速登录了QQ。

果然，SGC的员工群里面新发了一封邮件：《关于驻协科运营人员变更通知》。

通知里说，因为之前沟通上的问题，导致双方对驻地运营人员的岗位职责与人数出现交流问题，驻协科人员由既定的3人缩减为2人。很明显，她就是那一个被裁减掉的人员。于是，所有人都知道了有个倒霉鬼叫鹿晓，她投递了简历被选中，过了一个元旦假期又被踹了……

这就尴尬了。

鹿晓终于明白了一大早各路同情的、看热闹的目光是为了什么。

不过她最烦恼的却不是这尴尬的局面，而是怎么面对郁清岭。昨天她慌乱地跑了，今天如果再见面应该说什么？要再道歉一遍吗？还是像一个渣女一样装作什么事情都没有发生？

就在鹿晓抓狂的时候，办公室门被打开，一抹白色的影子闪现。

那是郁清岭，他穿着白色的长款工作服，怀里抱着一盆鲜艳欲滴的绿萝，绕过她走到窗台边，把那一盆绿萝放到窗台上。阳光透过百叶窗，绿萝被切割出明暗交织的光影。郁清岭微微俯身把叶子规整到舒适的姿态，于是他的指尖也被投射得光影绰约。

"鹿晓。"他回过头，微笑着打招呼。

鹿晓感觉自己的心脏被光芒蜇了一下，微微酸麻。

她发呆的时候，郁清岭已经坐到了她的对面座位，打开电脑，目光重新聚焦在屏幕上，规律的键盘声很快就响起来。

他竟然马上开始工作了。

鹿晓有些焦躁，因为她不需要抬头就能看见郁清岭安静的侧脸，如之前的任何一天，没有任何异样。

他……选择性失忆了吗？

鹿晓努力让自己重新投入工作，却发现做不到，她没有办法静心。

明明拒绝他的是我，可是为什么今天静不下心的也是我啊？

"鹿晓。"郁清岭忽然出声。

第八章　亲吻的手势

鹿晓的心跳漏了一拍。

郁清岭缓缓道:"暗视觉实验,相关论文已经发表,你想要署名做第二作者吗?"

"啊?"鹿晓忽然记起来,四个月前自己参与整合的夜盲症相关专题。郁清岭不提她都快忘了这件事了。她连忙摇头,"不用不用,我其实并没有帮上什么忙。"她自己博士在读,非常清楚一篇论文署名第二作者意味着什么,更何况做学问做到郁清岭的级别的,他的一篇论文含金量可想而知。她实在没有那么大的贡献,敢要这样的待遇。

"不行吗?"郁清岭的声音低沉下来。

鹿晓又被勾起了一丝愧疚心,然而理智尚在,她坚决摇头:"不用!我是文科生啊,郁教授您忘了吗?"

她是中文系文学原理方向在读博士,医科向的论文署名对她来说其实并没有什么实质性的意义。

只是郁清岭这一副为难的模样,意外戳到了她的萌点。鹿晓笑了出来:"郁教授,就算没有署名,我也会全力帮您的。你想要什么呢?"

郁清岭的目光微沉,大概是在想别的理由。

过了片刻,他轻声道:"你做第二作者,我们的名字就能出现在同一排,保留很多年。"

他的眼里盛着纯净的光,干净得毫无杂质。

鹿晓终于发现,他不是选择性失忆,他根本就是……百折不挠。

黎千树一直没有出现,办公室门紧锁。

鹿晓去探望过几次,遇到过行政部的善芳主管,被答复说黎千树在外面有一个诊所,平常在 SGC 的工作只是兼职。于是下班后,鹿晓就顺着善芳给的地址去了城区。

黎千树的诊所在市区楼层最高的大楼顶楼,鹿晓一路搭乘观光电梯往上,到达顶楼时甚至感觉自己有点儿缺氧。诊所面积不小,覆盖一个楼层,里面装修得和他在协科的办公室如出一辙,活生生像一个亚马逊公园……最里间,才挂着一块招牌:**黎千树心理诊疗中心**。

他竟然是个心理医生?

鹿晓已经通知过前台小姐,所以直接推门而入。

办公室内,黎千树坐在办公桌前,正用一根手指抵着自己的太阳穴,笑眯眯等候着她的靠近。

"嗨。"黎千树笑着打招呼。

鹿晓在他面前坐下,警觉地看着他。

"听说你支付了咨询金,怎么,有心事?"

鹿晓对他更憎恶了。没错,刚才在外面,前台小姐说他不见病人以外的人,所以她不得不当场支付了一个小时的心理问询金。单时一万三,抢钱指数比商锦梨有过之而无不及。

"我想知道,你为什么引导郁教授来追求我?"鹿晓压着火气问他。

黎千树低笑:"怎么,你不喜欢他?"

"我怎么想的不关你的事。"鹿晓低声道,"我只是想知道,你这样做是不是违反你的职业道德?"

"嗯?"

黎千树调整了坐姿,正襟危坐,眼里的笑意却不减。

"亚斯伯格无法理解很多感情,你作为心理医生要做的是纾解他们的情绪,而不是利用他们的心理障碍给他们洗脑灌输不属于他们的感情。"鹿晓看着他的眼睛咬牙,"你为郁教授设计这一场元旦的表演,还教他表白,你不觉得这根本就是对他人格的践踏吗?"

这是她愤怒的根源。

郁清岭的心就像一片干净的草原,她从草原上路过,期盼那里能够长出一些花,迎来一些小动物,好让这一片静谧的世界变得有生机一点儿。可这并不意味着,她想要见到有人随意践踏郁清岭的世界,强行在那里建起高楼。

这不是帮助,这是偷换概念的卑劣。

鹿晓狠狠瞪着黎千树，黎千树脸上的表情一丝未改，甚至笑容更加柔和。

"是吗？"他不轻不重地应了一声。

"你到底想干什么？"鹿晓问他。

黎千树道："我是清岭的心理医生，当然是为了他好，让他能够更好地融入这个世界。"

"我不会配合。"

"有件事我希望你清楚，我并没有要求你配合。"黎千树悠悠道，"你可以不配合，当然，你的激烈反抗会伤害到的人，并不是我。"

"你……"

鹿晓忽然意识到，眼前这个人的笑脸根本就是一张人皮面具，那个初见时在她的背包里插上了一枝栀子花的黎千树只是一个假象，他的笑脸下恐怕是一个生冷不忌、软硬不吃的灵魂。

"我不会让你得逞的。"鹿晓气得摔门离开。

前台小姐忧心忡忡走进办公室："黎医生……这位客人……"

"脾气不好。"黎千树耸耸肩，微笑道，"不用担心，她不是故意的。"

他转身打开电脑显示器，看见监控里的鹿晓正气势汹汹按电梯，不由得笑了："确实是个很有趣的灵魂。"

怪不得她当年能够点燃郁清岭。

那样的灵魂充满了生机，如同黑夜里的星辰，让迷航的海船像飞蛾扑火般的生出向往。

▲ Chapter28 毕业论文 ▲

混乱的日子，总归还是有好消息。

小星的病情正在不断好转，再一次的血液检查结果显示，她身体内分泌的荷尔蒙与多巴胺已经愈来愈接近正常人的日常水准。更加令人欣喜的是，她为"小丑鱼海洋馆"的每一条鱼画了一张全家福，除了鱼，其中还包括了许多她身边的人，爸爸妈妈、于医生、带班的小沈老师、鹿晓、郁教授，还有拄着拐杖的奶奶。

小星妈妈特地来到SGC研究所，对着鹿晓和郁清岭鞠了一个90度的躬。

原来小星妈妈元旦之前扭伤了腰，不得已把奶奶接到了自己家照顾小星。奶奶身体不好，所以只能勉强照顾小星三天就回老家休养了，没有想到仅仅只是三天的相处，小星的画里竟然出现了奶奶，这在半年前根本是没有办法想象的事情，现在的小星竟然做到了。

"奶奶已经回去一周了，而小星她还记得！"小星妈妈兴奋地拉着鹿晓的手，絮絮叨叨地讲述着自己的欣喜，"其实上一次血检，虽然数值提高了，我还不太敢相信……小星能够好转真是太好了……鹿老师，多亏了你们的帮助……"

鹿晓被小星妈妈抓着手腕，忽然感觉到了一点点交际障碍。

她左顾右盼地想要拉一个垫背的去迎接小星妈妈的热情，可惜于医生和郁清岭都离开教室去办公室讨论了，她只能硬着头皮寒暄："您不用道谢，这是我们应该做的……"

"鹿老师，其实我还有一件事……"小星妈妈为难道，"是这样的，我和天倾的妈妈是好朋友，天倾治疗的效果并不太明显。天倾妈妈一直不好意思来催促，所以我今天来还想帮天倾问一问……是不是天倾不乖，所以进步慢些？"

小星妈妈的语气小心翼翼的，像是害怕冒犯到鹿晓。

第八章 亲吻的手势

鹿晓顺着她的目光投向天倾，看见他一如既往地低着头，缩在房间的最角落里。

确实，这小半年下来，不论是小星、黑白、唐宋，甚至亚斯伯格的小河都已经有了明显的改善，唯有天倾，他一直拒绝和人沟通和交流，执拗地穿着女生的衣服，缩在距离人群最远的角落里。这半年来，他除了不得不面对的回答，没有跟任何伙伴或者医生有过一次正常的沟通。

"您别着急。"鹿晓低声道，"我们会想办法的。"

OXT激素对每个人的效果是不一样的，这小半年来，它在小星和黑白的身上最为明显，然而天倾……OXT激素能够让受刺激的人在原本就认识的人面前放松身体，更容易接纳对方，但是它毕竟不是荷尔蒙激素，所以它对两个不相识的人是无效的。

它在天倾身上没有效果，是因为天倾根本就"不认识"这里的所有人。

人体就是这样一个机器，有时候复杂得让人想要去探寻，有时候简单得可怕。

这几天以来，鹿晓一直避免与郁清岭深入交谈，在工作时间，她尽量待在实验房间里陪伴曦光小团队，一下班就背上包火速逃离SGC大楼，不得不待在办公室的时间，她也尽量装作很忙，无暇分心去看郁清岭的表情和欲言又止。

她知道，郁清岭很失落。

他向来不会遮掩自己的情绪，所以当他失落时，整个眼睑都耷拉下来。

鹿晓逼自己不去回应他的目光，她不想让自己心软，也不想做出任何伤害他的举动。如果郁清岭在情感方面是一个寻常人……那么，长时间得不到回应的情况下，他应该会学着放弃，或者是把注意力集中到别的地方。

可是，郁清岭毕竟不是寻常人。

郁清岭会在清晨时规整好绿萝，然后坐在位置上等着她进门，目光温和，乖巧得像一只猫科动物；也会在几次叫"鹿晓"得不到回应的时候，委屈得直勾勾地望她的眼睛，逼得她抬起头来回应为止。

他好像一台每天都会清空前一天负面情绪的机器，每到新一天，开始他的新期待。

一天又一天。

鹿晓越发觉得自己是他的珊瑚鱼，她在他的海洋里徜徉，带着他所有的注意力。

"鹿晓。"郁清岭的声音又软绵绵传来。

鹿晓陡然回神，匆忙移开视线，眨了眨眼，掩盖自己的失措。

"郁教授，您……有没有想过，是黎千树在引导您的感情？"鹿晓小心问郁清岭，"他没有给过您选择的权利，他在利用您的生理特征。"

郁清岭微微诧异地睁大了眼睛，嘴角不受控制地扬起。

这是这些天来，鹿晓第一次正面回应他的期待。他感觉到愉悦，从心上生长出来，快速传达到指尖。

那是很美妙的体验。

"你本来就在那里。"他吃力地找寻着恰当的词汇，"激素掌控情感，而你掌控激素。"

"可是……万一我努力了之后，也没有办法回应您呢？"鹿晓轻声问。

郁清岭的眼里浮现一丝迷惘："不会没回应。"

"要是一直没有回应呢？"

"等。"

"要是您以后会遇见真正喜欢的人呢？"

"不会。"

"要是真的遇见了呢？"

"不会。"

"要是……"

"不会!"

郁清岭的脸上闪过一丝愠怒。

手机铃声打断了这一场鸡同鸭讲的对峙,鹿晓感激涕零,看也不看接起电话:"喂,您好,哪位?"

电话那头是一阵难言的静默。

随后一个低沉的声音响了起来:"鹿晓,你是不是不想毕业了?"

鹿晓感觉到脊背发凉,飞快看了一眼手机屏幕,上面"霍初行"三个字仿佛是来自异次元的死亡号角,把她从长久安宁的坟墓里一把揪出,毫不留情地上下摇晃!

"霍老师……"

"你还知道你有老师,真难得。"低沉的声音带着一丝冷笑。

鹿晓恨不得在办公桌前跪下,给虚空中浮现的霍初行叩头谢罪。

"霍霍霍老师,您怎么有空……"

"你明年还想不想毕业了?"电话那头,霍初行凉飕飕道,"还有十二天就是预答辩,你选题还没给我吧,鹿晓同学?"

啊——

这半年以来,霍初行大概是把她给遗忘了,临到年关终于记起来自己还有一个不肖徒弟。如果不是这通电话,鹿晓真的已经快要忘记了自己还是一个博士在读生。

鹿晓向郁清岭请了假,第二天上午赶到Z大中文系办公室,战战栗栗地敲响霍初行办公室的门。

"请进。"冰冷的声音。

鹿晓硬着头皮推开门,把熬夜准备的论文立题文稿双手递给霍初行。

霍初行冷眼一瞥,伸手接过文稿翻阅起来。

鹿晓紧张地咽口水。

她的导师,中文系的霍初行,在带本科班时就因为严苛出名,外号千人斩。后来升职做了教授,修身养性不少,于是吸引了成群的女性欣赏，在 Z 大号称才貌双全一枝花。千人斩的功夫，也只有他带的博士生能感受一二。鹿晓不幸，硕博连读时刚好落到他手里，在所有人羡慕的目光下有苦难言。

"亚斯伯格的精神世界与其作品关联？"霍初行抬眼，不置可否。

"是。"鹿晓僵直站立，"亚斯伯格……是自闭症的一种……学者综合征……"

"讲重点。"霍初行皱眉。

鹿晓合上眼睛，她现在怀疑霍初行也有一点儿亚斯伯格，这个千人斩怪咖根本就冷硬得像铁栏杆……

"从文学原理的角度来说，精神病人与作家的区别只是能否从臆想世界回到现实，所以我想从那些边缘作家入手，研究他们的精神状态与文字的内在联系……"

"你想证明什么？"

"想证明他们的特殊心理状态让作品拥有与众不同的情感寄托。"

鹿晓其实很心虚，这个论题并没有经过深入思考。这段时间她已经完全把要毕业的事情抛在了脑后，只是昨夜通宵想方案，忽然间灵光乍现，这个论题就已经出现在她脑海。仿佛早就存在一样，她发现了它，于是接下去所有的资料准备都顺理成章。

"有把握吗？"霍初行眉宇间的冰凉总算散开了一点儿，声音平和下来。

鹿晓悄悄松了一口气，点头道："有！"

"三天之内我要正式的立题报告，十天内初稿。"霍初行道，"在正式预答辩之前你最好住在学校里，随时沟通，做最终调整。"

答辩之前要住学校吗？那不是要在 SGC 那里请好多天假……

"怎么，有问题？"霍初行抬起头，镜片闪过一丝光芒。

"没有！"

没想到就这样被扣在学校了。

第八章　亲吻的手势

鹿晓已经快半年没有住过宿舍了，宿舍里到处积了厚厚一层灰。她把被褥从衣柜中找出来，晒在了阳台上，在拖地的间隙里给郁清岭发了一条短信，告知请假的事情。她是以在读状态入职的，按照SGC的相关规定，其实每周只要有两到三天通勤就可以了，小半年下来，她其实积攒了一大堆公休假期。

微信发过去，郁清岭没有回复。

鹿晓把宿舍的地面拖了三遍，用抹布擦拭积灰的写字桌。

郁清岭没有回复。

鹿晓把洗手间清洗了一遍，从置物柜里掏出了简单的日用品。

郁清岭没有回复。

鹿晓搬了一张椅子去阳台，守着阳光把被子上的潮湿气息一点点蒸腾干净。

郁清岭没有回复。

鹿晓把对话框删了！

没有对话框，就不会一次次切过去看他有没有回复了，也不用忐忑地去揣测他在想什么。她请假准备论文，本来就是天经地义的事，不是吗？

时间尚早，鹿晓干脆背上书包去了图书馆找文献、论文。临到门口，才发现今天图书馆一楼展厅人山人海，许多年轻的男男女女进进出出，展区内音响声与歌声混杂，好不热闹。展厅外放着几个制作精美的展架海报，海报上的人她前不久才见过——《星际迷航》的两位男主角。

展架上的标题是"《星际迷航》同好交流会"。

如此简单粗暴却热闹非凡的活动，鹿晓看着展架上的海报，想起了不久前的黄昏接过的那一张碟片，心里微微有所触动。鬼使神差地，她一步踏入了展区现场。

展区是年轻人的天下，本科生来来往往穿梭在不同的展位中，展位大致上分成COSPLAY区、纪念品市场区，还有同人画展区。

鹿晓真的是个门外汉，那些年轻人相互交流的话语她大部分都听不懂，纪念品区里的抱枕她倒认识几个，因为之前陪着郁清岭看过某一部，同人画区……则画风诡异。

鹿晓本想匆匆路过，却意外看见了一幅画。

舰长和副手在星空下彼此互望，两人分别伸出了两个手指，指腹相抵，形成一个交叉的形状。

这是——

鹿晓的脑海中闪回了之前和郁清岭有过的无数次"友好表达"，她一直以为这是因为他有洁癖而自创的缩减版握手……难道其实是出自《星际迷航》？

"这位同学，买画吗？手绘的！"鹿晓发呆时，一个清脆的声音响起。

画架旁边不知道什么时候站了个娇小的女生，她的苹果脸圆圆的，脸上画着粉红色的彩绘，看起来一副未成年的样子，讲话细声细气："同学支持下哦，这幅画只卖200块。"

200？

鹿晓重新审视那幅画，以这幅画的完成度而言，卖200块实在是有些赔本赚吆喝了。

鹿晓发呆的时间长了，苹果脸女生大概以为她在犹豫，于是试探："同学，要不我便宜点卖您180？您看我们船长多帅，大副多美啊……"

"你是新生？"看着苹果脸妹子的眼里都冒星星了，鹿晓笑着问。

"不是，我大三了！"苹果脸咧嘴笑。

这可真看不出来，她长得一副未成年的模样。

鹿晓重新审视那幅画，目光落在那个奇特的手势上。"其实我是个外行。"鹿晓不好意思地笑了，"如果你可以给我解释下，这个手势代表什么意思，我就买下这幅画。"

"瓦肯星人的手是非常敏感特殊的部位，平常打招呼是举手礼，这样！"

第八章　亲吻的手势

苹果脸扬起手，食指与中指合并，无名指与小指合并，中间露出一个间隙V字。

"那这样呢？"鹿晓用自己的左手和右手模拟画中人的十字交叉。

"这个啊！"苹果脸笑得意味深长，"这个尚有争议，目前只出现在一对夫妻间，官方说法是'亲密关系表达'，我们民间一般直接把这个理解为亲吻！"

代表……亲吻？

鹿晓听见自己的脑海中发出嗡鸣。

那郁清岭在很久之前就开始的仪式……也是代表……亲吻吗？

眼前的画卷与记忆中的画面重叠在一起，在脑海里轰然炸裂成烟花。

Chapter 29 采访

鹿晓在日落前回到宿舍，把晾晒好的被褥搬回了床上。

她趴在上面眯了一会儿，仍旧心绪难平，一闭上眼睛就看见郁清岭每一次认真地勾手指的模样。她一直以为，郁清岭是因为并不乐意她去协科，所以去求助了黎千树，最后被黎千树那只狐狸花言巧语哄骗着来向她"告白"，可是现实好像不是这样。

被褥上透着股阳光的清香味，不一会儿，暖意就烘烤得鹿晓脸上发烫。

如果他的"告白"并不是被黎千树蛊惑呢？

如果那么久之前，他就已经在表达自己的情感呢？

鹿晓觉得身体里正悄然弥漫着一点儿躁动，那是一种陌生的难以捉摸的感觉，仿佛最轻柔的风正拂过心上的树苗。风在动，心也在动，可是一切的一切又来得那么自然，自然得几乎有些诡异。如果郁清岭……

灵魂快要被"如果"烧起来，她逼迫自己冷静下来，深吸一口气，从背包里掏出手机。

对了，请假微信！

手机上，郁清岭回复了微信，第一条是在她的请假短信半小时后，只有短短两个字：好的。

两个小时后，跟着一条颇为长的微信：对不起，之前的回复过于简单。我的意思是，我可以理解你因为论文档期，需要请假半个月的行为，并支持你包含本次行为在内的一切选择。希望我们能够保持友好而相对规律的联系，用以巩固彼此的情感维系。

好长一段话，微信的绿色聊天框几乎占满了整个屏幕。

鹿晓把那段别扭的字来来回回看了好几遍，严重怀疑，中间的两个小时，郁教授该不会是去措辞了吧？她忍不住脑补了郁清岭一本正经的脸，顿时觉得又窘又萌。

第八章 亲吻的手势

可是这样让人怎么回复啊？

好的，郁教授，就让我们保持友好而规律的联系吧！

鹿晓盯着手机屏幕发呆时，新的信息发来：鹿晓？

短短两个字，加一个可怜兮兮的问号。

郁清岭的彷徨和无助好像快要溢出屏幕了。

这个家伙……鹿晓感觉自己的血液重新回到了身体里，身上无数小细胞躁动之后，变成了愉悦的多巴胺。她抱着手机在床上打了个滚，咧着嘴给郁清岭回复：我刚才去学校逛了个漫展，所以没有看信息，不是故意不回复你的。

一下午三条微信，对郁清岭来说，已经是很了不起的社交行为了，他大概……真的不安吧？

下一秒，郁清岭秒回：嗯。

果然，一旦得到了回应，他就会安心地缩回蜗牛壳里去，继续做高傲的郁教授本人。

鹿晓对这个"嗯"字回答有些不满，于是猥琐地给郁教授下套儿：郁教授，我的毕业论文定了方向为亚斯伯格症作家的心理状态与文学特性剖析，您能跟我讲一讲亚斯伯格相关的心理学研究方向吗？

这样他就必须打很多字了吧？毕竟是"有问必答强迫症"教授。

鹿晓发完信息，天也黑了，她于是点了一份外卖，打算慢慢等郁清岭的长篇大论，没有想到不过两分钟，郁清岭的消息就发了过来：明天给你资料，晚安。

他竟然……直接……结束话题了？

鹿晓呆呆地看着屏幕，好久才反应过来，他这是当真了吗？可是她不是这个意思啊！

翌日清晨，鹿晓是被邮件声音惊醒的。

一大早她还睡眼蒙眬，在迷迷糊糊中看见了邮件提醒：您的好友【郁清岭】于 5:30 发送主题邮件《关于亚斯伯格症候群的判别历史和其相关生理、心理行为研究及其影响的相关资料综述》，请您尽快接收。

郁清岭这是熬了通宵整理的吗？

鹿晓如梦初醒，匆忙下床打开电脑，登录邮箱点击附件。

【系统】您所接收的附件过大，无法转入中转站，请您及时下载保存，以免丢失。

校园网速奇慢无比，拖完那个巨大的附件已经是第二天晚上的事了。

鹿晓还没仔细看邮件，忽然收到了商锦梨的信息：HTV科教频道，快打开。

什么啊？鹿晓一脸莫名地回复着。

商锦梨的消息很快过来：看看就知道了。

寝室没有电视机，鹿晓打开电脑找了好久，才终于找到了可以看电视直播的软件，刚刚点进HTV10，就看见一个熟悉的身影出现在屏幕上。

郁清岭？

正在播放的是一套科教节目，鹿晓听说过栏目的名字，大致上每一期都会讲述一个正在研究的科技前沿项目，有的是已经投入实验的，也有的是正在科研理论初期，用来让科学家们吸引投资的。此时此刻，郁清岭正坐在栏目的采访椅上，认真地侧耳聆听着女主持人的问话。

不得不说，郁清岭……相貌真是相当不错。

他坐在台上，穿着他常穿的白色风衣，文质彬彬，作为一个盖着"科学家"标签的受访人，他的颜值已经有些匪夷所思。安静地坐在那里的时候，女主持人已经明显走了好几次神。

"郁教授，听说您的项目已经投入实验，您对现有的实验进程还满意吗？"女主持人笑靥如花，身体不由自主地向前倾，似乎是想靠得更近点儿。

郁清岭微微垂了垂眼睫毛。

鹿晓知道，这是他神经开始紧张的表现。果然，下一秒，他不着痕迹地朝后挪动了一点点。

第八章　亲吻的手势

"满意。"郁清岭简单回答。

女主持人换了话题:"郁教授,'曦光计划'是针对自闭症患者的情感干预体系的治疗。请问自闭症患者真的能通过干预手段而增进情感吗?"

"可以。"

郁清岭大概不擅长借题发挥滔滔不绝。

场面有些冷。

女主持人道:"可是我们都知道,自闭症患者脑内所储存的信息,不论是情感还是常识,都需要不断地强化巩固。这样的前提下,他们的情感究竟是自我选择,还是被动输入?这是不是涉及一个情感伦理问题,患者不需要的感情被强行输入,是否违背了尊重人格本身?"

鹿晓不知道为什么有些紧张。她走了神,去冲了一杯茶,小小地抿了一口。

女主持的问题太过尖锐了,她是故意把情感治疗和伦理混为一谈,摆明就是想引起争议性话题。郁清岭他……真的能够接住这个问题吗?

微妙的静默。

鹿晓焦躁地握紧了茶杯。

"尊重不是这样的!"郁清岭忽然提高了声音,"假设自闭症患者是普通人,进而对情感干预提出异议,认为这是一种后天情感植入,是违背人性的冷血实验,这个思考方法是不科学的。"

屏幕上的郁清岭的眼里渐渐有了一点儿犀利的光,好像是层层雾气被拨开,竟像换了一个人似的。

鹿晓呆呆看着郁清岭,惶惶间只有一种感觉——他生气了。

原来他也会生气,原来他生气的时候是这个样子的。

他冷眼盯着女主持人,缓慢道:"自闭症患者根本就不是普通人,他们并不是不需要情感,他们只是做不到,普通人永远不会知道,自闭症患者的每一天要尝试多少次建立与世界的联系,然后失败。他们从发病开始,就一直在渐渐沉没,活着的每一天,都在尝试重新搭建桥梁。生病的人已经如此努力,健康的人如果放任不管,并不是尊重,而是驱逐。"

女主持人的表情已经有些僵硬,显然是没有预料到现场会发展成这样针锋相对的局面。

她熟练地打岔转移了话题:"这样啊,多谢郁教授的科普。作为抑郁症诊疗领域的权威,相信公众对您也是充满了信心。不过大家一直有一个疑问,众所周知,'曦光计划'是您很早就已经着手精研的项目,而在与您接洽的公司中,协科属于中小规模的新企业,方便讲讲您为什么最终选中了这家规模并不占优势的合作方吗?"

郁清岭重新垂眼:"因为协科给的运营资金多。"

"哦,因为……啊?"女主持人当场石化。

鹿晓在电视机前,刚刚喝进嘴巴里的一口水全部喷在了手心里。

她手忙脚乱地找纸巾,首先擦干键盘上的水滴,否则做了一半的立题报告可就一命呜呼了,其次才是自己的衣服,最后是笑得上气不接下气的嘴。

女主持人不愧是有着丰富经验的职业主持人,只是发出了一个小小的诧异"啊",几秒后就对着镜头笑弯了眼睛:"郁教授,看来您不只要拿下我们栏目历任采访人里最帅记录,还想要拿最幽默纪录啊,野心不小啊。"

果然不愧是 HTV 的主持人!救场够专业!

鹿晓刚刚清理完毕水渍,重新坐到了屏幕前,就看见郁清岭在镜头下缓缓摇了摇头。

他果然没有顺着女主持人给的台阶下,而是盯着她的眼睛,认真道:"目前的医疗科技尚未攻破自闭症,在未来漫长的时间里,我们只能改善它,尽可能地运用各种方法让患有自闭症的人接近正常人。"他停顿了几秒,缓缓道:"这个过程很贵,可持续的资金供应比科研本身更加

第八章　亲吻的手势

重要。合作方的资金多一些，可投入的实验时间和资本就大一些，带给自闭症患者的希望也多一些。"

郁清岭讲话偏慢，一字一字给人一种很虔诚的感觉。

女主持人大概是不习惯郁清岭忽然作出了一大段解答，愣了一秒钟，又弯起了嘴角。这一次她的笑容和刚才亲切得几乎完美的弧度不同，也许是被郁清岭的真挚诚恳所感染，眼里也有了一点儿光亮。

"谢谢您，郁教授。"女主持人微笑，"我很荣幸能够坐在这里，与您面对面，听到您对曦光计划的真诚解答。"

节目进入尾声，报幕名单已经出现在屏幕的下方。

郁清岭的照片固定在屏幕上方，那是一张实验室日常照。他坐在实验台前正专注地举着试剂，一尘不染的白色工作服，蓝色的口罩，整张脸只露出细碎的刘海和一点儿白皙的皮肤，无法用言语表达的气质。旁边是一大串头衔，每一个头衔都惊人，却依旧抵不过一张照片醒目。

一个小时后，郁清岭三个字上了微博热搜。

冷得掉渣的科教节目本来收视率很低，这一期却以惊人的速度上了微博热门话题排行榜。

鹿晓搜索关键词，果然，人民群众的热情是被郁清岭的颜值给点燃的，除此之外，女主持人放在自己微博的一段短视频也让围观群众群情激昂。

短视频是一则花絮，录制的时间是在采访完毕之后。女主持人收拾手里的文档，笑眯眯道："郁教授，正式节目已经结束了，还有三分钟花絮问答时间，我代表制作组的女性同胞聊一聊私人话题好不好？"

郁清岭微微颔首。

女主持人道："从资料上看，郁教授您本人也患有自闭症？是亚斯伯格症候群，对吗？"

"是。"郁清岭道。

女主持人道："我知道这是自闭症的特殊分支，请恕我冒犯，您是不是也有情感障碍呢？"

"有。"

女主持人："具体表现在哪方面呢？其实您明明看起来跟普通人一模一样啊。"

"难以融入社会，也难以解读别人的面部表情和一些对话中的引申义和言外之意，无法判别人的精神状态。"

女主持人笑了："这个听起来问题不大，都是些社交小问题，就是谈恋爱了之后容易被女朋友嫌弃啊。"

郁清岭轻声道："我在好好学习的。"

"啊？学习什么？"女主持人不明所以。

"如何谈恋爱。"

女主持人彻底咧开了嘴："什么什么？您这话的意思是，您有女朋友了？还是有追求对象？哎呀，导演，这段能不能切掉啊，我一个人幻灭就够了啊……"

郁清岭眨眨眼，似乎跟不上女主持人飞快跳跃的情绪。

"有。"过了一会儿，郁清岭才理出思绪，小声回答。

"居然脸红了……天哪，你们做教授的都那么好欺负吗？"女主持人尖叫，"啊啊啊——灯光师你先别走！快，打光！"

郁清岭又往后缩了缩，显然沙发已经容纳不下他想要逃窜的灵魂了。

女主持人干脆坐到了他的身边："郁教授，求爆料，是哪个公敌竟然抢在了我们前面对你下手了！"

"她没有对我下手……是我想……"

"难道是你主动追的她？"女主持人扶额，"天哪，为什么有这样的好事永远轮不到我？"

郁清岭的额头上已经冒出了细密的汗水。

女主持人再贴近："导演已经提刀过来了，我再问最后一个问题，您追到手了吗？"

第八章 亲吻的手势

郁清岭垂下了眼睛。

花絮结束，画面就此定格，女主持还配了一个哭泣的表情，配文：

那谁，你怎么舍得！

微博女性同胞的热血被彻底点燃。

当夜，热门话题"*哪个不知好歹的女人*"上了热搜。

这是曦光计划自剪彩以来，公众关注度最高的一次了。

还真是始于公益，精于颜值。

鹿晓把微博上的资料来来去去翻了个遍，绝望地发现，论文立题报告今晚又没戏了……

她的心跳凌乱，脸上发烧，根本……静不下心来。

▲ Chapter30 步履不停 ▲

鹿晓的立题报告框架完成已经第三天了。

基本框架之后需要相关详细的资料与文献综述，鹿晓想起了郁清岭传来的超大文件。她的笔记本电脑已经用了三年，运行速度慢吞吞，花了半个小时才终于把郁清岭的资料包解压完毕。鹿晓打开文件夹，发现里面各式文件资料、相关视频、实验数据应有尽有。这些资料被有序地放置在以类别命名的文件夹里，只有一个文件夹叫"0"，排在所有文件夹之前，里头只有一个 Word 文件，叫作《亚斯伯格症作家的心理状态与文学特性剖析》。

这？是以她的论文题为题的论文！

鹿晓哆嗦着点开那个文件，快速阅读下去，到最后整个人就像斯巴达勇士一样了。这何止是论文资料，这简直就是论文本身，所有论述有理有据，观点新颖突出，甚至连文笔用词都精准无误……这是论文跟人撞了吗？

博士论文跟本科论文还是有些区别的，论文论题跟人撞车到这个地步，于情于理都不太说得过去。

鹿晓的思绪在风中凌乱，好不容易冷静下来，她顺手点开了 QQ。这个时间，郁清岭应该是刚刚清洗完绿萝吧？他应该还没有开始工作，也许正坐在电脑桌前开机？

"郁教授，0号文件夹是……您恰巧搜到的跟我同研究方向的论文资料吗？我明明前几天搜的时候没发现有撞车的啊……"

"原创的，不会被任何软件检查出抄袭。"

鹿晓怀疑自己没有听懂，她跟郁清岭的沟通好像一直会有微妙的文不对题的感觉。有时候很萌，有时候很窘，现在是很奇怪。

"您指的原创是什么意思？"

她的脑海中渐渐浮起一个荒谬的猜想，这个猜想让她怀疑自己是否

第八章 亲吻的手势

还在床上，这一切只是一个幻觉——这篇论文，该不会是郁清岭……

"是我写的。"

"我是生物工程专业的，文学方面并不擅长。是不是完成度还不够？"

"是不是不能用？"

就算您是跨领域天才，您这是在做什么啊——

鹿晓觉得自己快要上天了！

她的第一反应是在宿舍里横冲直撞了两圈，给自己倒了一杯冷水灌了几口，再回到电脑面前时，指尖还是有点儿颤抖："不不不！能用能用！"

这何止是能用，这简直可以作为正式答辩时的论文终稿来用了！小小一次立题报告，根本就是大材小用。

"其实我只是想问您一些亚斯伯格的研究资料，您真的没有必要替我写完论文的……"

总不能说其实我只是想逗你多发发微信吧？

"早点儿做完，你就可以早点儿回来。"

"鹿晓，十五天，太长了。"

键盘上好像通了电，鹿晓缩回了指尖，心猿意马。

短短的一句话，也许只是简单的字面意思，鹿晓却在电脑屏幕前心跳如雷。

她冷静了好一会儿，才找回自己的意识，慢慢敲击回复信息。

"我明天就交立题报告去，如果顺利通过，我可以先回SGC。"

"嗯。"

谁说亚斯伯格不擅长社交的？

为了加快进度，以及更加彻底地偷懒，鹿晓毫不犹豫地把立题报告给删了。

也许是因为同为亚斯伯格，郁清岭对亚斯伯格症候群作家的文字表述见解独到，思考方向十分新颖别致，不论是完成度还是质量都远超她能想象的地步。有这样一篇论文在手，鹿晓果断扔掉节操，照着他的行文脉络总结出了新一份的立题报告，并且在他的资料包里找到了所有的文献资料。

到下午时，她的立题报告几乎已经完成了。

看着四个小时出品的精美文卷，鹿晓还是感觉在做梦。

郁清岭真的是只花了一个晚上，就做到了她要做两个月的事情吗？那个被称为学者综合征的亚斯伯格症候群……她也好想有啊！

黄昏时，鹿晓给霍初行打了个电话，告知立题报告完成的事情，并且约定了明天上午面交。

千人斩霍初行显然对她惊人的效率感到怀疑，电话那头的语气凉飕飕的。他说："鹿晓，我希望你能在保证质量的基础上做这次决定，等待你们的职场时间还很长，没有必要为了并不合适的实习工作而荒废自己的学业，这是不理智的行为。"

鹿晓深深后悔上一次沟通的时候说漏了嘴，把在 SGC 实习的事情告诉了霍初行。他现在根本就已经断定了她是一个不分轻重、捡了芝麻丢了西瓜的笨蛋。

"不是的，霍教授，我没有不理智，更没有应付论文答辩……"至少不是你以为的那种应付。鹿晓在心里偷偷讲。

"应付不应付，明天自然见分晓。"霍初行挂断电话。

鹿晓早就习惯了霍初行霸道总裁式的作风，听着听筒里的"嘟嘟"声无奈地耸耸肩。谁让他霍初行是 Z 大中文系的扛把子，学校的活招牌——可是同样是业界扛把子的郁清岭跟他相比，简直是小天使啊小天使。

鹿晓心念一动，指尖已经跟着动。

拨号界面"郁呆萌"几个字显示在连线，不一会儿，被挂断了。

旖旎的幻想泡泡被戳破。

第八章 亲吻的手势

鹿晓汗涔涔地盯着手机屏幕，果然，不一会儿，收到了郁大教授的微信：鹿晓？

鹿晓握着手机，不知道该说什么，又习惯性地打了一串省略号，小心翼翼地问道："您……不会还有电话焦虑症吧？"

明明之前打过电话的啊，鹿晓深深怀疑，难道郁清岭的症状恶化了？

"没有。"停顿十秒，"网上的教程说，男性追求女性，应该先短信交流，才不会招致反感。等到双方达成交往准备前状态，则可以进行下一步，固定时间电话沟通。"

"教程有没有告诉你，挂女生电话不论哪个阶段都会马上被判出局？"

长久的寂静。

"对不起。"

"噗……"

现实中的鹿晓抱着手机笑得前俯后仰，一不小心按到了锁屏键，于是她在手机上看到了自己傻瓜一样的笑脸。

然后鬼使神差地想起了黎千树很久之前的形容——"老郁啊，欺负起来，很可爱的"。

确实很可爱。

鹿晓抱着手机悠悠地想，可爱得想把他藏起来。

"还可以。"

Z大中文系办公室，霍初行仔细阅读完毕鹿晓的立题报告，简单给出了评语。

Z大有个广为人知的千人斩霍教授评语指南，霍教授的评语分为四个档次，"垃圾""呵呵""嗯""还可以"：分别代表"垃圾，滚出我的办公室"，"呵呵，就这货你还想交差？重写吧你！"，"嗯，再改改我可以考虑不搞死你"，"还可以，算过关了"四个话外音引申义。

这个指南曾经是论坛里一个匿名小号发表的《霍初行观察指南之造

福社会帖》，在千万次被人实验之后，已然成了金科玉律。

参照黄金定律，得到"还可以"评价的鹿晓心花怒放，想要去操场放烟花。

"有什么可骄傲的。"霍初行冷笑，"立题报告过关，未必代表你论文质量合格。"

"是。"鹿晓低头装怂。

事实上，论文质量何止是合格，简直就是能上核心期刊……

霍初行皱起眉头，重新审视了一遍立题报告，道："你选择的这个论题与思路，是因为你在工科研究所的实习经历？"

"是的。"鹿晓轻声道。

"找到了自己想做的事？"

"是的。"鹿晓想了想，认真回应霍初行，"我在SGC研究所，认识了很多很孤独的人。虽然我不是相关专业的，但是我觉得我们中文系对语言艺术和情感的理解，也能在那个地方发挥作用。"

"很好。"霍初行的声音竟然温煦了几分。

鹿晓诧异地抬起头，看见霍初行的目光中竟然透出一点儿柔和。今年是她在他手底下的第四年，在过去的四年里，这尊冷面大神从来没有过这样的神情，就好像是初夏冰川消融，虽然只是细微的松动，却让他整个人都柔和了一圈。

"你可以准备毕业了，鹿晓。"

霍初行勾了勾嘴角，露出了一点极淡的笑。

这大概是鹿晓和千人斩四年来乏善可陈的温馨对话。

距离预答辩还有八天，这八天时间现在看起来富足得简直奢侈。

鹿晓回到宿舍收拾了简单的包裹，临出门给郁清岭打电话。电话响过三声，郁清岭居然接了起来。

"郁教授？"鹿晓一瞬间有些不知所措。

"嗯。"是轻轻的回应。

第八章 亲吻的手势

鹿晓笑了:"谢谢您的资料和论文,我的立题报告一次性过了!"其实不只是立题报告,千人斩霍初行觉得"还可以"的论文,基本上等同于内定了优秀毕业论文展参赛资格,这简直就是在比赛刚开始的时候就被系统送了一张三星过关券!

电话那头的郁清岭没有回应,好久,他才轻声道:"你在笑吗?"

"呃……是啊。"鹿晓照旧跟不上郁大教授的思路。

郁清岭:"所以,你很开心。"温吞的声音,仿佛也带着笑意。

鹿晓的心跳漏了一拍。

"嗯,我很开心。"她摸了摸自己冒热气的脸,感觉最近的气温上升得实在有些快了,"那个……郁教授,我不出意外的话,明天就能按时上班了,然后八天之后再请假两天,回Z大预答辩就可以专心工作了。"

电话那头的郁清岭似乎有点儿纠结,停顿了几秒道:"今天,不上班吗?"

鹿晓:"我在教学园区有点儿远……"事实上,Z大的教学园区距离SGC和她的公寓分别是两个小时和两个半小时的公交车程,说远不远,可是要是先回趟公寓再去SGC的话,恐怕也已经傍晚了。

"我来接你。"电话那头郁清岭忽然道。

"不……不用麻烦了……"

"我来接你。"固执的语气。

"那我坐公交车直接去SGC,大约两个小时后到。"

"鹿晓,我来接你。"

他这是又看了什么诡异的教程帖吗?

鹿晓不知道是该哭还是该笑,环顾四周,寒风卷落叶。她于是动摇了:"好吧,那我等你。"

"嗯。"郁大教授心满意足地回应。

现在这局面,回宿舍好像不合适了,鹿晓穿梭在校园里,折道又去了图书馆。

一想到会再见到他，鹿晓又觉得有些心绪难平。

离开时，她只是气愤黎千树给郁清岭洗脑，诱导他的情感，所以并没有多少其他心思，可是现在情况好像又有些不一样。如果郁清岭并不是受了黎千树的蛊惑，如果他做的这一切都是发自内心……那么，该接受吗？

图书馆的展会又换了一个主题，变成了"异形同好交流会"。鹿晓穿梭在一堆造型奇特的怪物之间，默默在心里揣测郁清岭会喜欢上这些东西的概率……收下了《星际迷航》的影碟，应该也是需要回一个礼的吧？

《异形》同好交流会要比《星际迷航》重口味好多倍，鹿晓心惊胆战地穿过怪物角色扮演区，真切感受到了年龄的代沟。想当年她还是本科生的时候，大家去的展明明就是《海贼王》、《犬夜叉》，或者《魔法少女》什么的，为什么现在已经发展到异形了？

"嗨，买画的同学！"一个熟悉的声音穿过层层人群传来。

鹿晓回过头，看见之前的苹果脸在众人间朝她兴奋挥手："来看画吗？"

现在的大三还真是课业轻松啊。

鹿晓挤到她面前，看见她今天的画架很应景地换成了《异形》主题。

"我不买。"鹿晓坚定拒绝，她虽然对这些不抵触，但是这真的超出了她的审美范围。

苹果脸的眼睛暗了几秒钟，又咧嘴笑起来："那软陶手办要不要？很可爱的哦！"她从隔壁男生的摊位上抓来一只手办，递到鹿晓面前，"这只是皇后，超级厉害的，干掉了好几个舰队。"

"不，它丑。"

苹果脸痛彻心扉脸："同学，你对伟大的生物就没有半点儿敬畏心吗？那是生命啊！"

鹿晓乖乖掏出了二维码。虽然这是一份奇葩的礼物……但是郁清岭

第八章　亲吻的手势

鲸落在深海

好像说,他是生物工程专业的?他对外星文明也许会有兴趣?

不知不觉间,时间流走。手机久久没有动静。

展会里不少摊位已经开始收摊,鹿晓算了算大致时间,距离刚刚已经过去……两个半小时了。

两个半小时,公交车都该到了啊……

鹿晓第八百次看手机,忽然间看见郁清岭的微信发来:

对不起,晚两个小时过去接你。

天倾在医院急救。

——本季完——